東華春理髮廳

東華春理髮廳
小胖說的鬼屋就是這間——光看外面就感覺好陰森……要不要去看看！
唔……
你是認真的嗎……那好啊，你走前面。

怦！
怦！
怦！
怦！
怦！
如何？有看到什麼嗎？
裡面暗暗的，什麼都看不到……
甘按呢？

阿娘喂！有鬼啊！
哇啊！
這些小鬼，不給點顏色，永遠不會知道大人的厲害。

何日君再來
鄧麗君
師傅，早餐做好了。
ok！去叫玉蘭唄——
Donghuachun Barbershop
東華春理髮廳
九十八年
1
七月
農曆閏五月初九日
星期三
又到比基尼的季節了，找一天跟阿立去海邊晃晃。

你們看，頂樓的玉蘭花開了耶！
歐吉桑，我們摘幾朵去給老爸吧。
好啊。
對了！前晚他託夢說下面生意太好了，要我弄個助手給他耶。
真的假的？
嗯！
阿立這麼能幹，不如把他燒給阿爸好了。
噗！咳咳！
噴到我了啦！髒死了！
咳咳！師傅……
唬你的啦！再說，你假釋期間出事，我會很麻煩。
……
快吃，吃飽開工了。

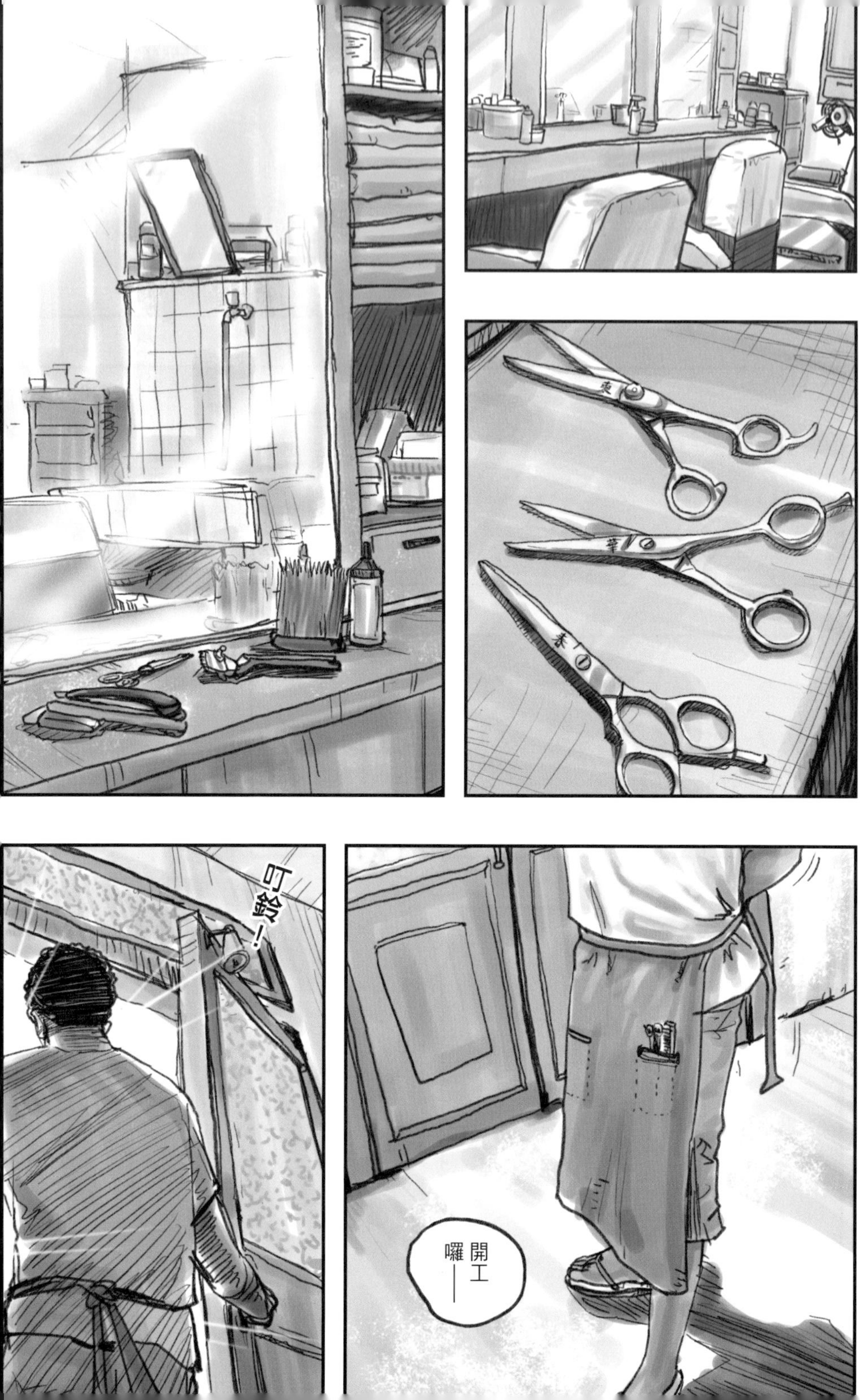
開工囉——
叮鈴！

DongHuaChun Barbershop

東華春理髮廳 1

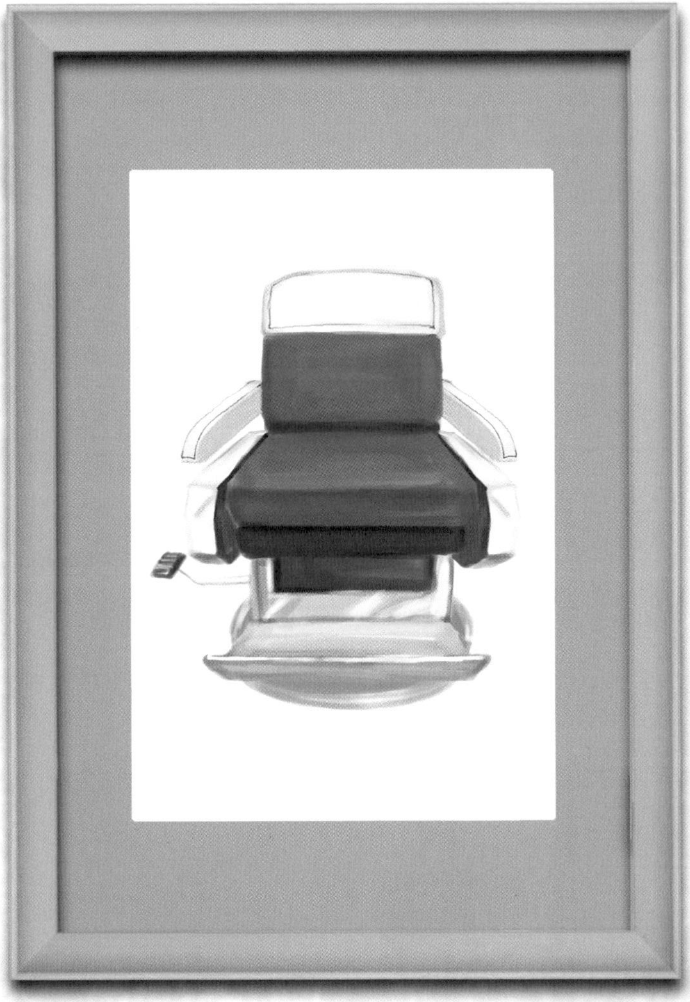

作者

§ 阮光民 §

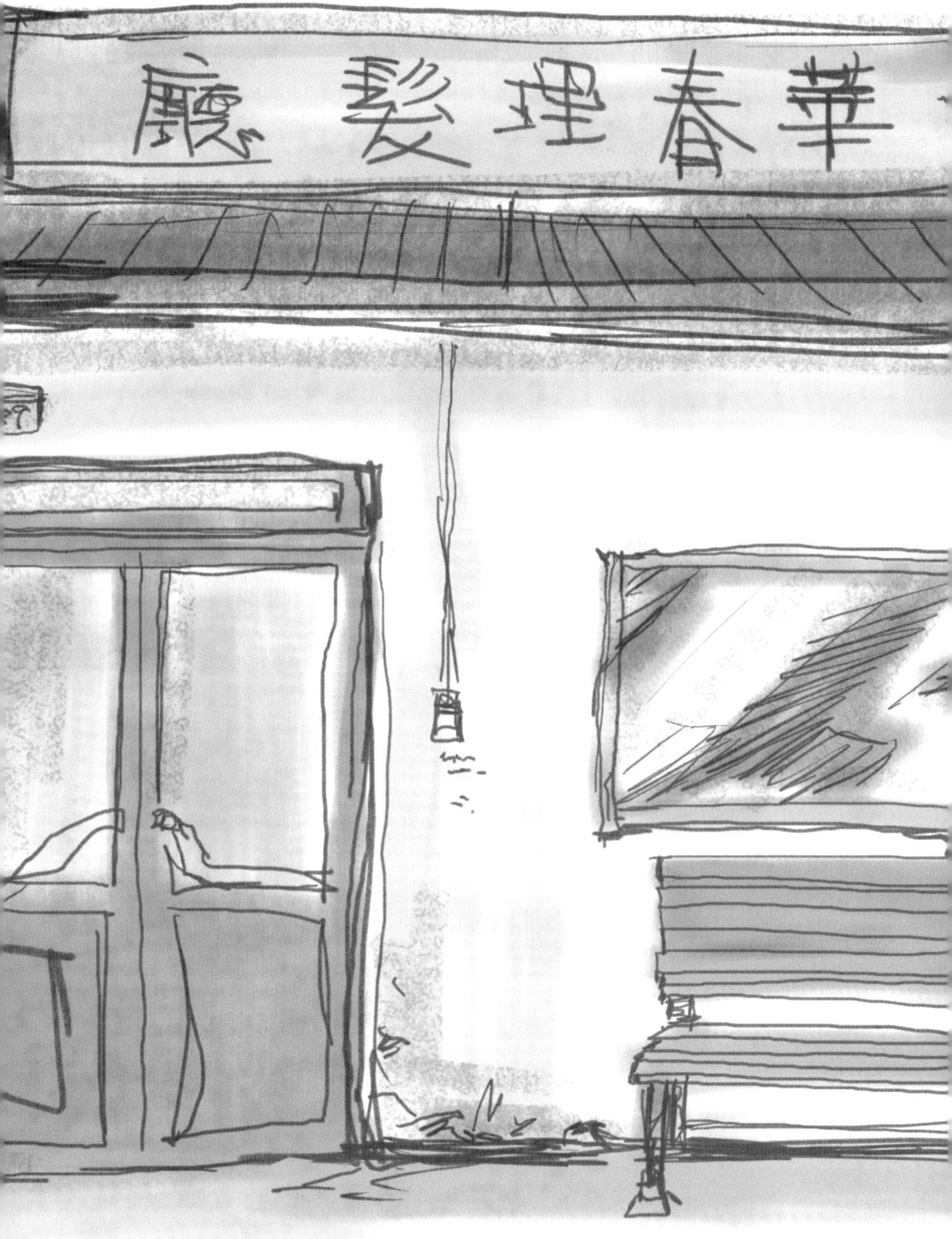

陳水華 73年9月.

東華春理髮廳
基隆市祥丰街135号
是125還是135？

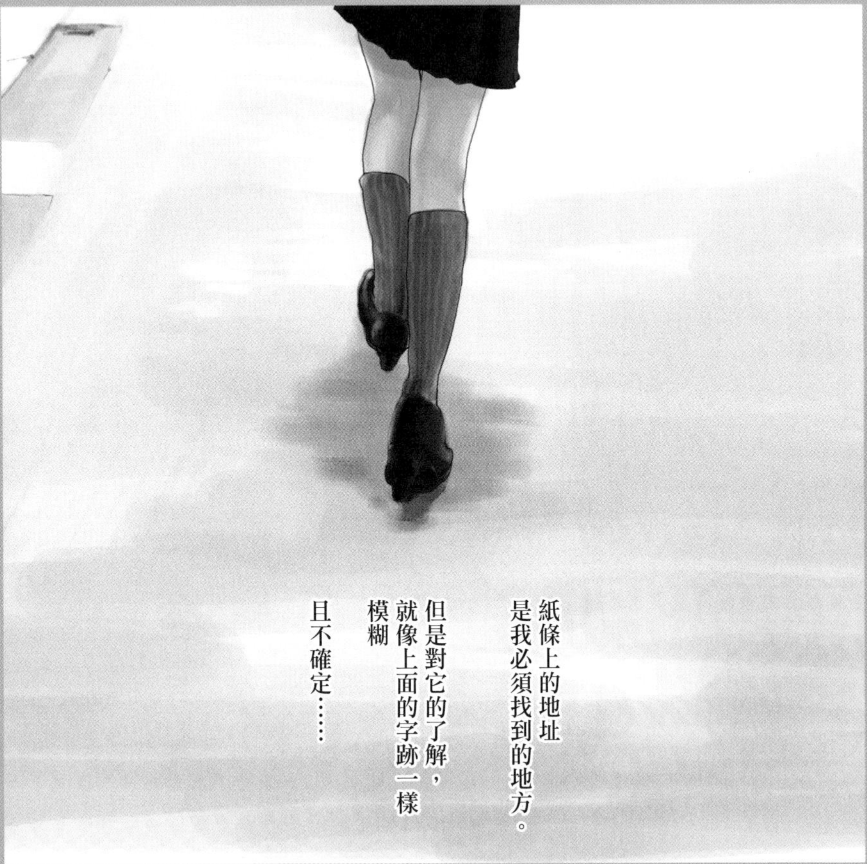
紙條上的地址
是我必須找到的地方。
但是對它的了解，
就像上面的字跡一樣
模糊
且不確定……

在告別式後，
老爸的朋友交給我這張紙條，
說上頭的住址是爸的老家……
關於這個家，從我有記憶以來，
從未曾聽他提起過……

CUT.1 字條

喀啦
喀啦
喀啦

像這樣的自由
我仍有些不適應。
可能是心裡夾雜著難以置信的
情緒。

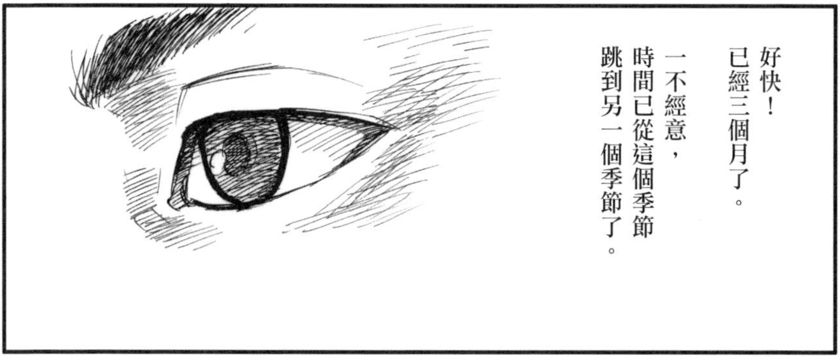
好快！
已經三個月了。
一不經意，
時間已從這個季節
跳到另一個季節了。

也許是因四周沒有
鐵絲網的高牆所阻隔，
所以時間
流逝得比較快。
嘎啦！
呃！快八點了，
得快一點。還得
幫師傅買早餐。

嘎啦！
？
嘎啦！
嘎啦！
！
咿—

快快快閃啊！
我的煞車壞了啦啊啊啊啊！

哈啾！
恁老師咧——有人在罵我哦。
嘖！擦板沒得分。

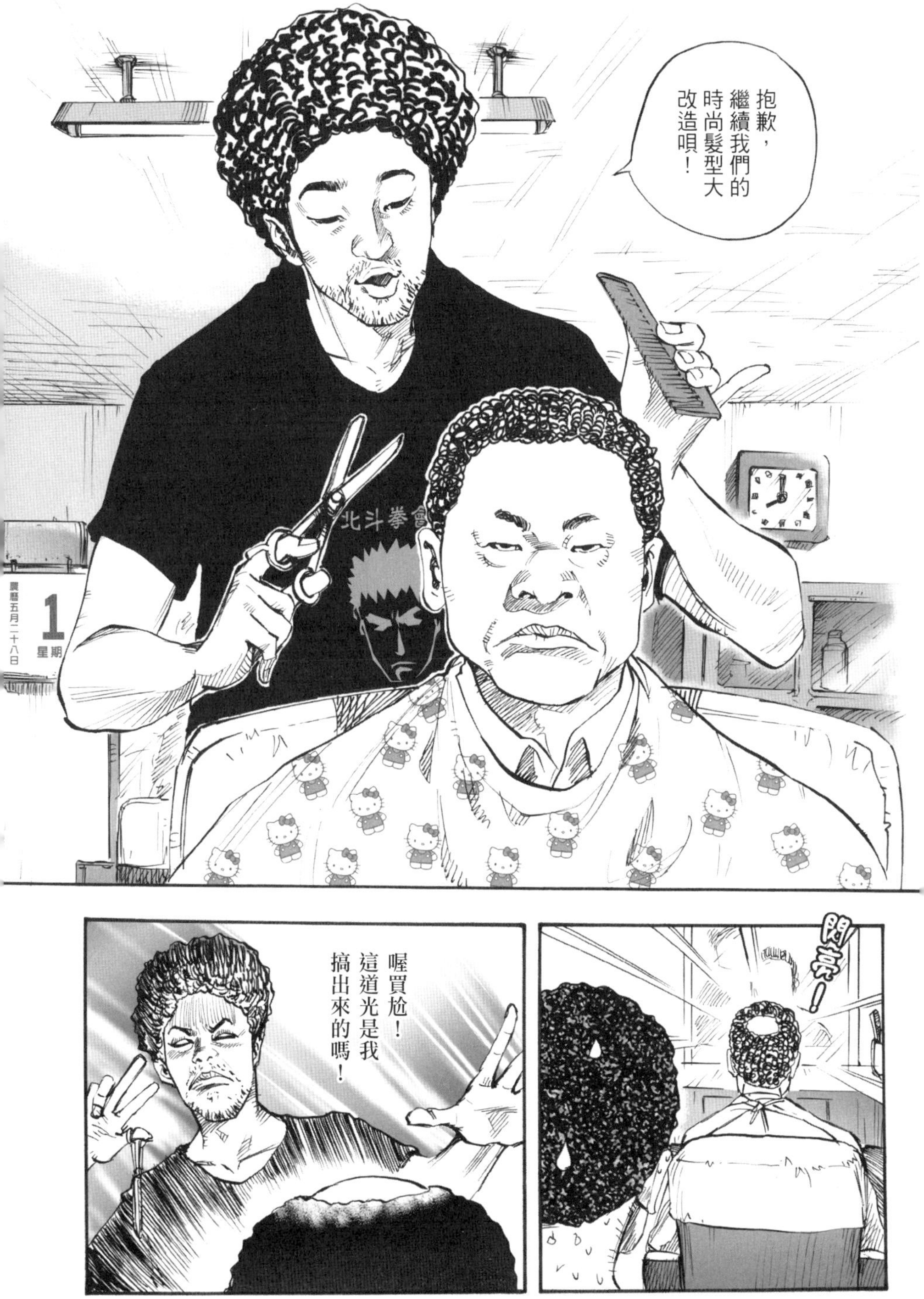
抱歉，繼續我們的時尚髮型大改造唄！
農曆五月二十八日
1
星期
閃亮！
喔買尬！這道光是我搞出來的嗎！

這傢伙是本村掛牌的惡霸耶！要是不好好處理的話……
喂！發呆喔！
北斗拳會
恁爸在趕時間，動作快一點！
您誤會了啦！我在構思怎麼幫你sedo啦——
喔——那幫我弄帥一點，我要去跟網友見面。搞不好嘿嘿嘿……
亡友
謝謝光臨！

有夠緣投啦！你亡友看到你這嘻哈打扮，一定乀煞到！
甘按呢——如果這次成功，今年不收保護費。
那顆鎖頭算是私人撒必斯，送你啦！
非常感謝您的關照！順走喔——
……
呼——過關了！
陳小華！
唔！

O的K!
我先走囉。幫我跟阿立問好——
OK
誰會寄東西給我啊?該不是帳單吧,夢娜的帳我不是結了?
噗哈!搞不好有人迷戀我喔——

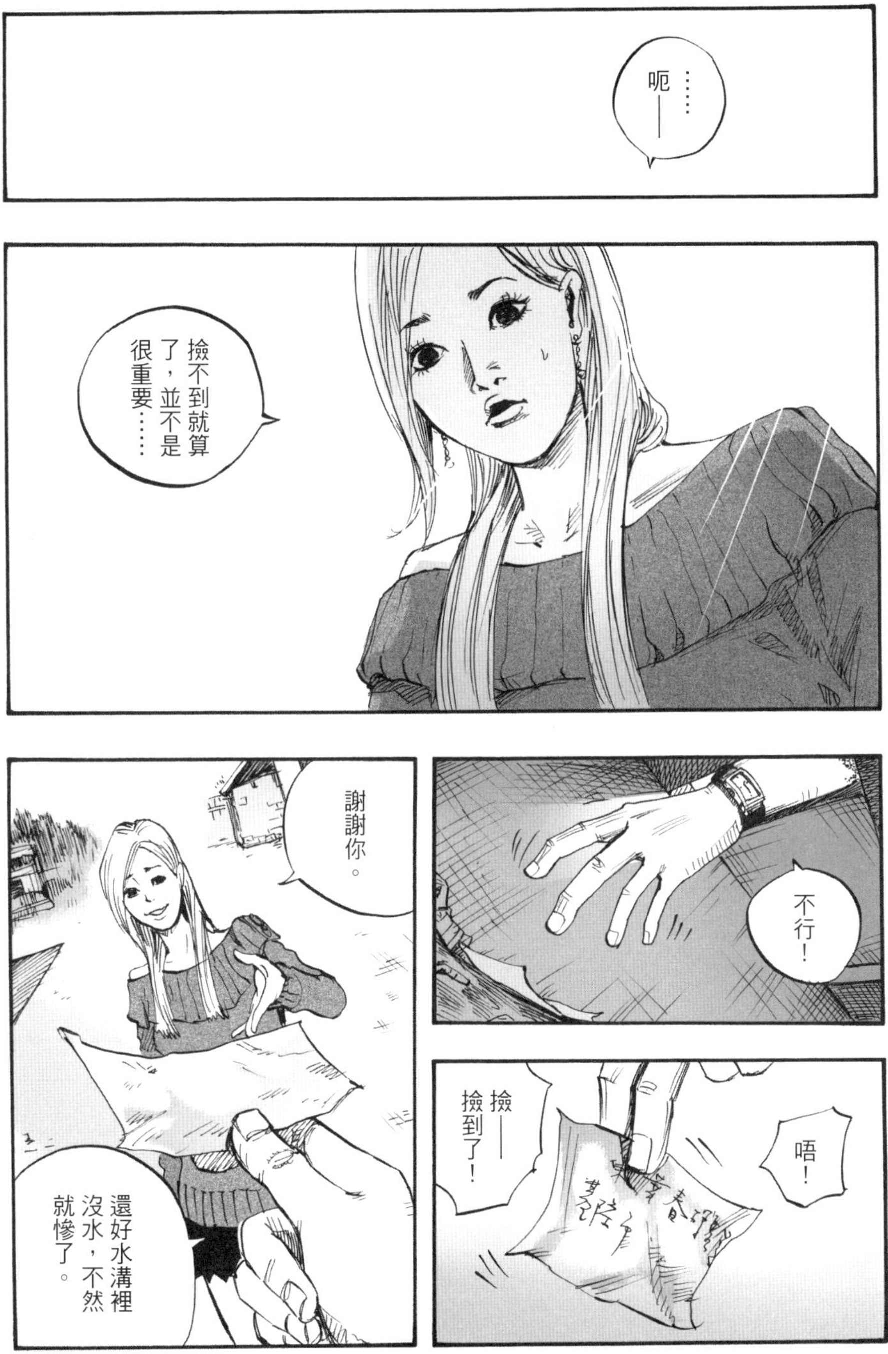
呃……——
撿不到就算了，並不是很重要……
不行！
唔！
撿——撿到了！
謝謝你。
還好水溝裡沒水，不然就慘了。

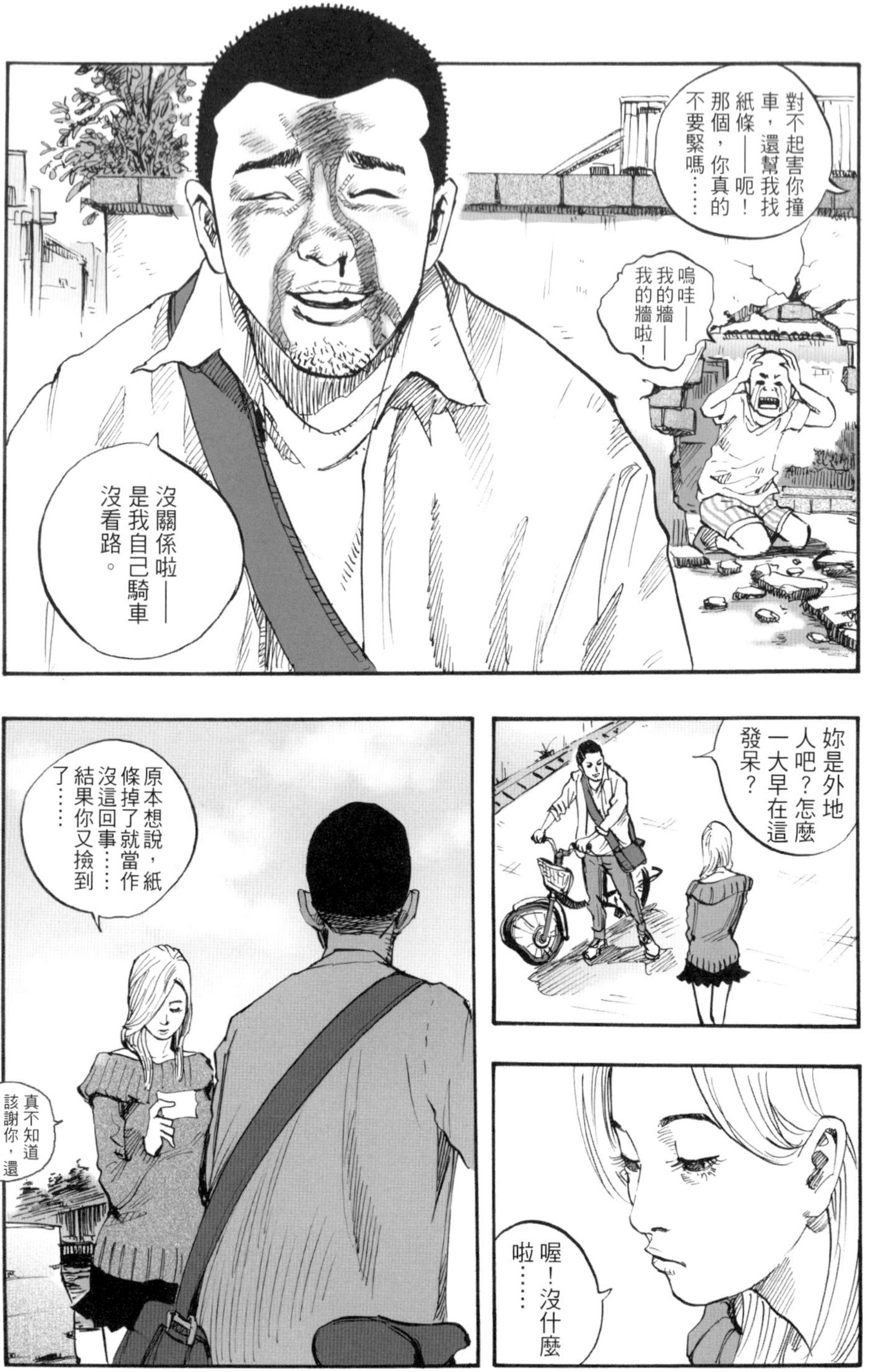
對不起害你撞車，還幫我找紙條──呃！那個，你真的不要緊嗎……
嗚哇──我的牆──我的牆啦！
沒關係啦──是我自己騎車沒看路。
妳是外地人吧？怎麼一大早在這發呆？
原本想說，紙條掉了就當作沒這回事……結果你又撿到了……
真不知道該謝你，還是……唉！
喔！沒什麼啦……

在碎碎唸什麼？有需要幫忙嗎？
雖然我才剛回來三個月，不過小時候是在這長大的。
需要幫忙儘管開口。
唔……不用……誰知道你……
呃啊！抱歉！妳別誤會，我真的……
陌生人。
我對你而言是陌生人吧。
你對陌生人這麼熱心，不擔心遇到蓄意想詐騙或傷害你的人嗎？

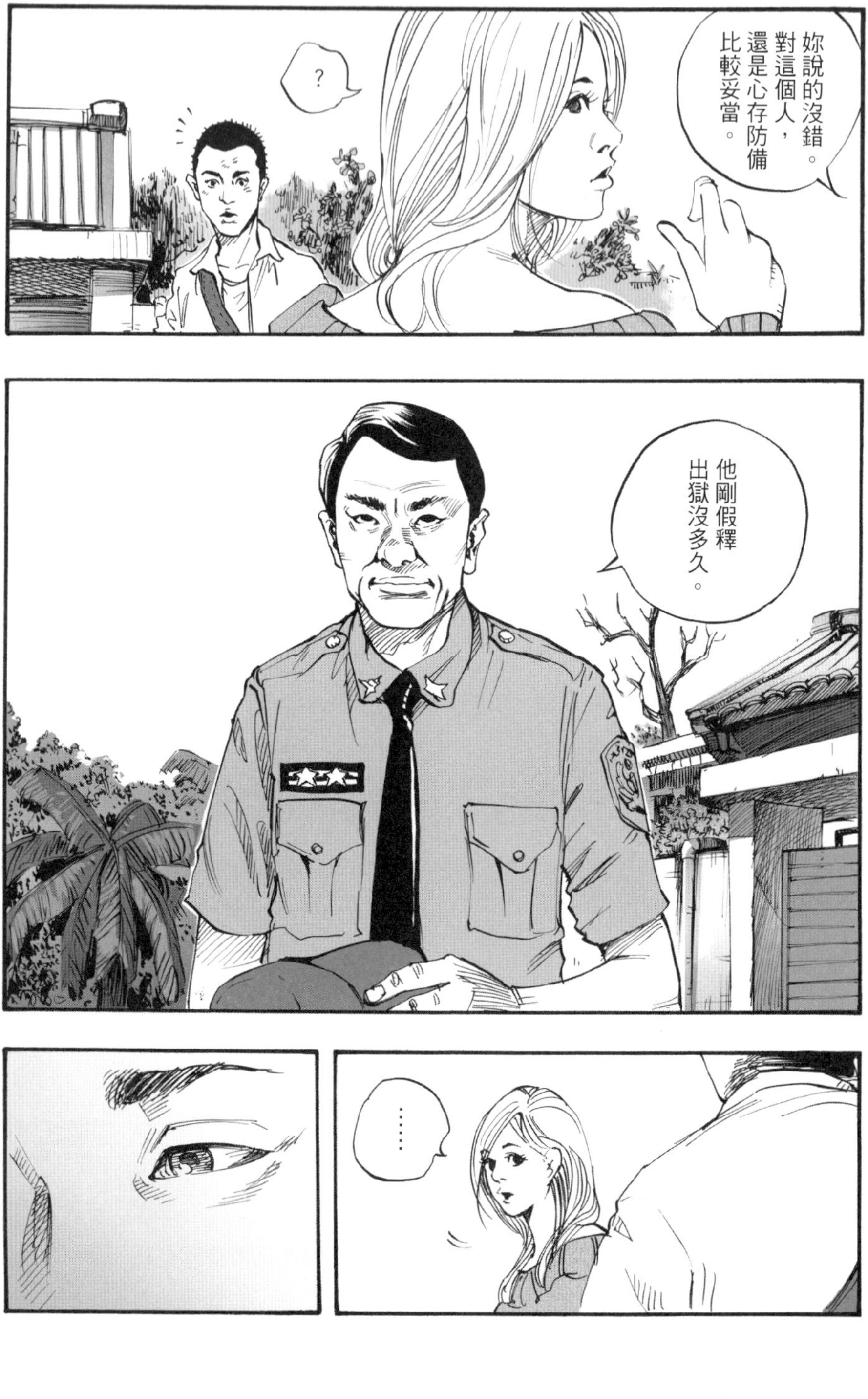
妳說的沒錯。
對這個人，
還是心存防備
比較妥當。
？
他剛假釋
出獄沒多久。
……

你最好安分點，我會一直盯著你的。
……

……
警察杯杯！那個人走了啦。這樣盯著你不累喔——
對了，可以請你告訴我這個地址往哪走嗎？真難找——
前面路口左轉。

小姐，如果妳是來觀光，我不會干涉。
咦？
假如是長住……
我勸妳衣著整齊一些，
下次別讓我看到這樣。
咕！你不會不要看喔。
拉──
一來這就碰見兩個怪人……

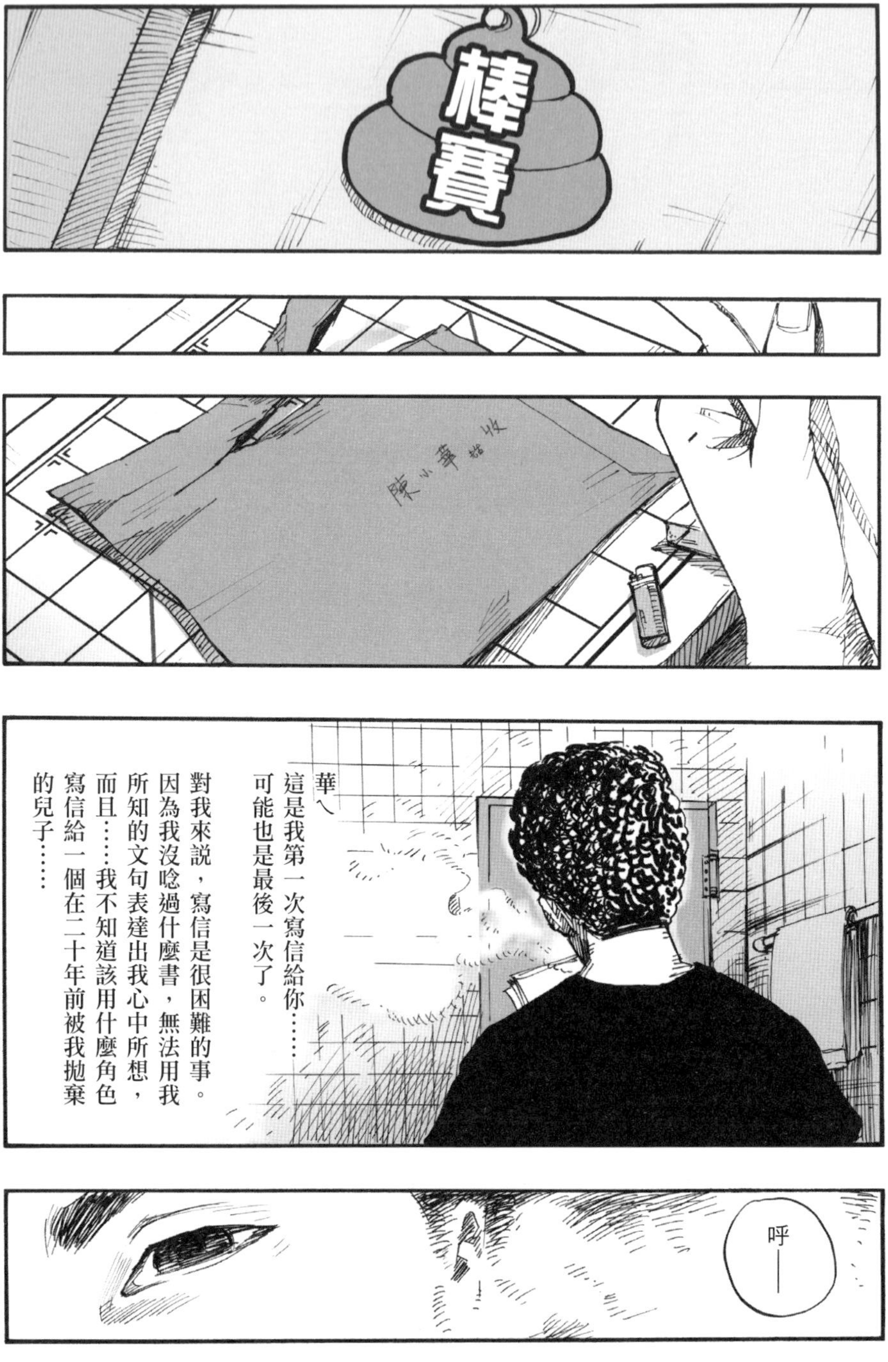
棒賽
華ㄟ
這是我第一次寫信給你……
可能也是最後一次了。
對我來說，寫信是很困難的事。
因為我沒唸過什麼書，無法用我
所知的文句表達出我心中所想，
而且……我不知道該用什麼角色
寫信給一個在二十年前被我拋棄
的兒子……
呼——

硍！死之前有力氣寫信不會來當面講喔。
有話只會寫在紙上，紙是會跟你對答嗎？該不會臨死都不想見到我吧。
阿母說的沒錯，就是俗辣。
就算台灣要沉了，也是一個不會開口的俗辣……
也許是因為你阿公阿嬤早逝……所以我一直想建立一個家庭……
十九歲那年我重新翻修這間房子。
我跟你媽，還有她肚子裡的你一起看著房子從裝潢到掛好招牌那一天……
那一天的景象至今依舊清晰。即使是我的眼睛已經漸漸看不見任何事物了……
我各取我們名字中的一個字做為店名：陳振東、陳小華、詹秀春。
店開張後兩個月你出生了，而我接到了兵單當兵去了。
東華春理髮廳

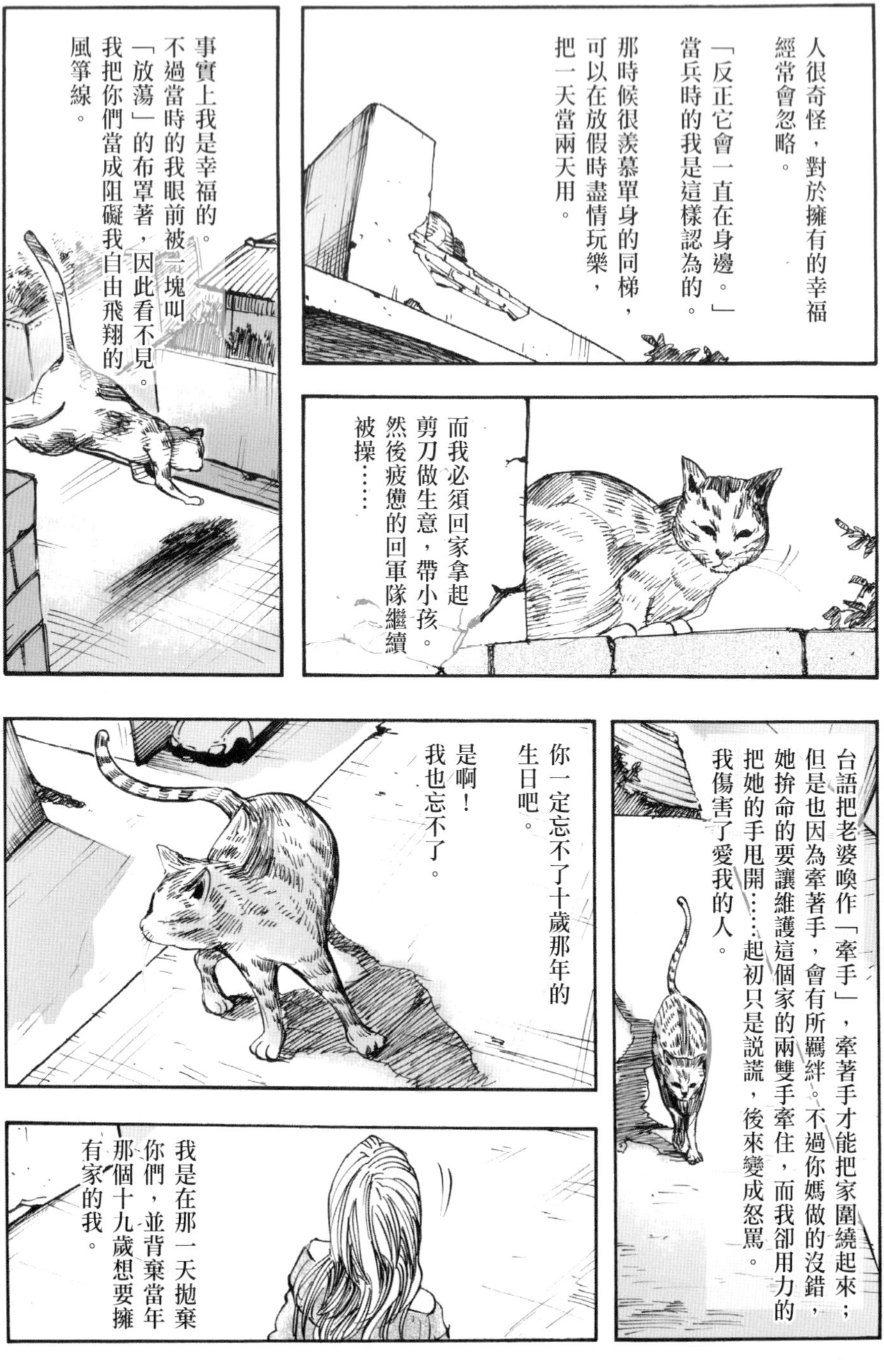
人很奇怪，對於擁有的幸福
經常會忽略。
「反正它會一直在身邊。」
當兵時的我是這樣認為的。
那時候很羨慕單身的同梯，
可以在放假時盡情玩樂，
把一天當兩天用。
而我必須回家拿起
剪刀做生意，帶小孩。
然後疲憊的回軍隊繼續
被操……
事實上我是幸福的。
不過當時的我眼前被一塊叫
「放蕩」的布罩著，因此看不見。
我把你們當成阻礙我自由飛翔的
風箏線。
台語把老婆喚作「牽手」，牽著手才能把家圍繞起來；
但是也因為牽著手，會有所羈絆。不過你媽做的沒錯，
她拚命的要讓維護這個家的兩雙手牽住，而我卻用力的
把她的手甩開……起初只是說謊，後來變成怒罵。
我傷害了愛我的人。
你一定忘不了十歲那年的
生日吧。
是啊！
我也忘不了。
我是在那一天拋棄
你們，並背棄當年
那個十九歲想要擁
有家的我。

拋棄一個人也許不用一秒，但得到的報應是永遠的被拋棄。
華ㄟ，很抱歉……懦弱的我在中途下了車……沒能和你們一起到終點站。
70 10 11
普通·快車通用
……
才差一天……
國慶日的隔天總是落寞的。當時我還認為
我一定是生錯日子，才會遭遇被拋棄這種鳥事……
這又是什麼？

呃！
這個小孩是誰啊……
……
東華春理髮廳
天天早点

阿爸的老家就是這？房子上面還長樹……好陰森喔——
裡面住的是人嗎？
越看越像鬼屋……難道我以後要住這嗎……
原本，我打算這輩子就一個人開家理髮店生活著，
可能孤單，心的空隙就變大。在三十九歲那年，有位失婚女子進來店裡。她身上有玉蘭花的香味。
她時常來，沒多久，我們就住在一起。

可是，在某個平常的早上，
她跟平常一樣出門買菜，卻沒再回來……
我醒來時，像做了一場一年多的夢。
(爆破按鈕)
破!死小孩
不要亂摸!
老板留
我偏要!按怎!!
跟我去跟你老師講!
老板
把我從夢境拉回來的，是
嬰兒床裡小孩的哭聲。
……?!

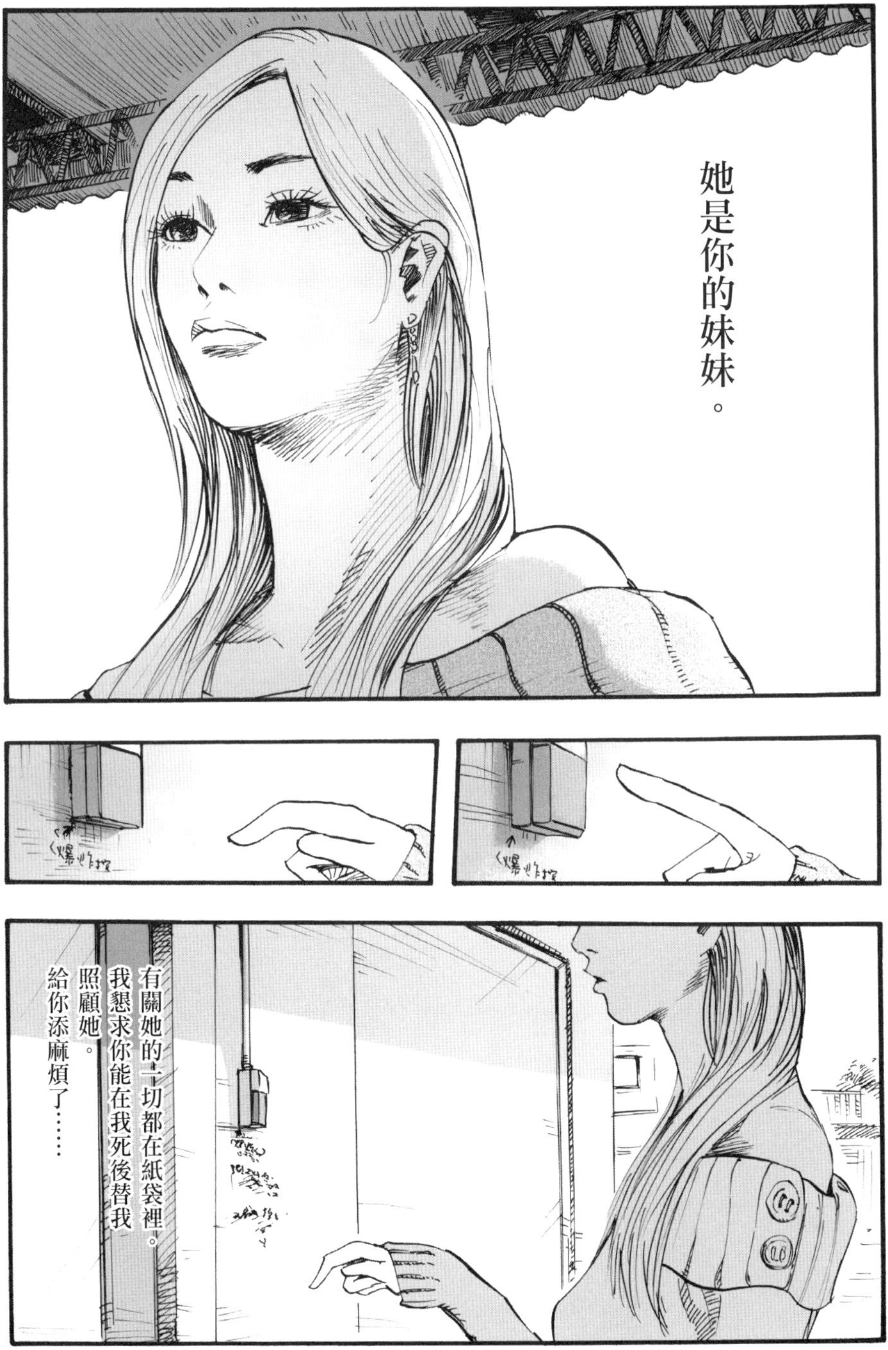
她是你的妹妹。
有關她的一切都在紙袋裡。
我懇求你能在我死後替我照顧她。
給你添麻煩了……

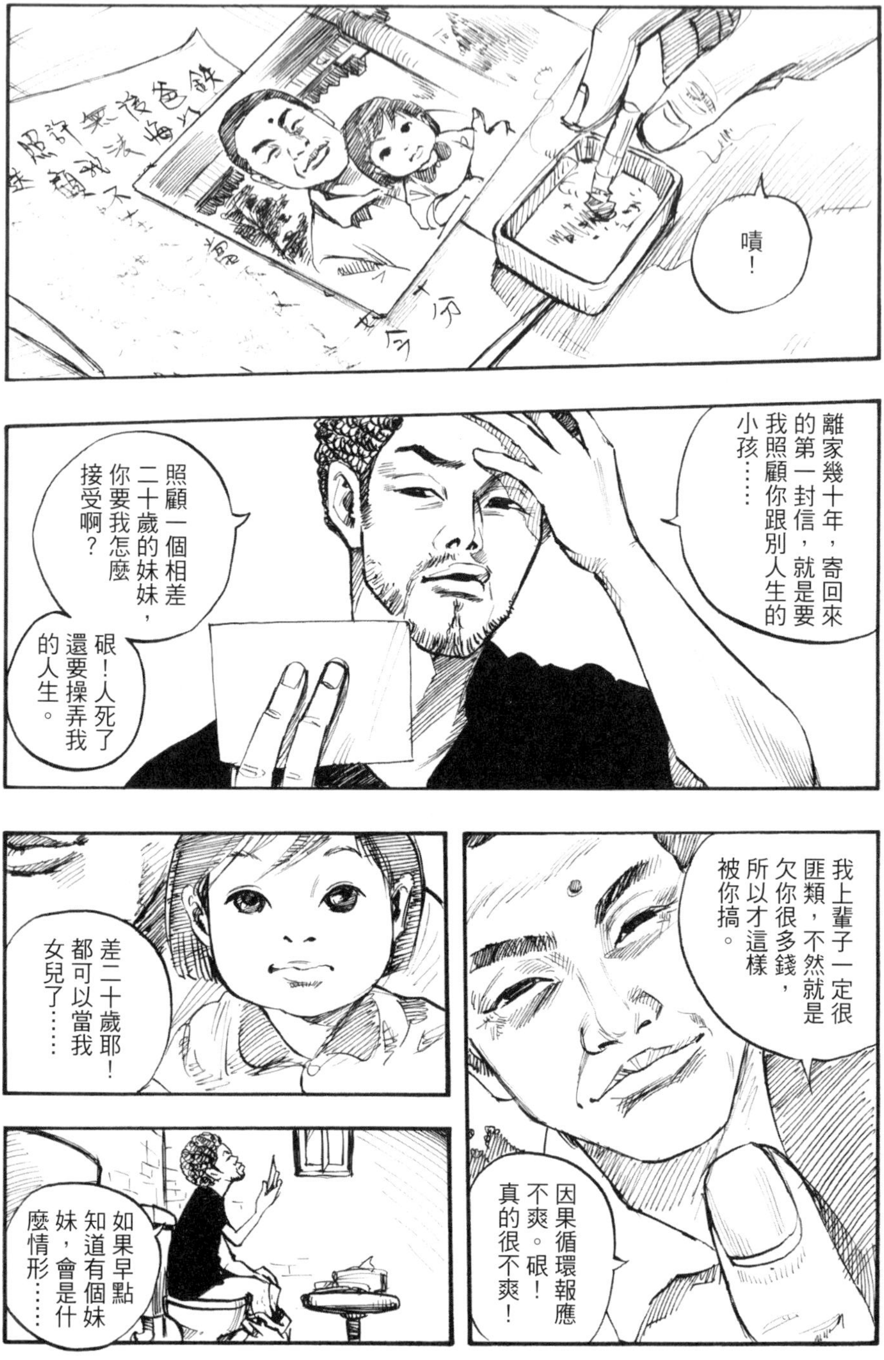
嘖！
離家幾十年，寄回來的第一封信，就是要我照顧你跟別人生的小孩……
照顧一個相差二十歲的妹妹，你要我怎麼接受啊？
硍！人死了還要操弄我的人生。
我上輩子一定很匪類，不然就是欠你很多錢，所以才這樣被你搞。
因果循環報應不爽。硍！真的很不爽！
差二十歲耶！都可以當我女兒了……
如果早點知道有個妹妹，會是什麼情形……

布拉德的異想世界 第一話 終

阿娘喂！痛死我啦！
原來我的拳頭這麼硬！
……
唔！
啊！抱歉——
還是算了——快離開這鬼地方……
咦！
呃！

咦？啊！是你！
親切和藹的假釋犯！
呵呵，又遇見了，真巧耶。妳又迷路了嗎？
啊，糟了！師傅的早餐……
你怎麼會在這？
我？呃！我在這間理髮廳工作啊。
什麼！你在這像鬼屋的地方上班！
鬼屋！真的有鬧鬼嗎！
我來三個月都沒聽師傅提過耶！
對了！紙條上的地址妳找到了沒？
……

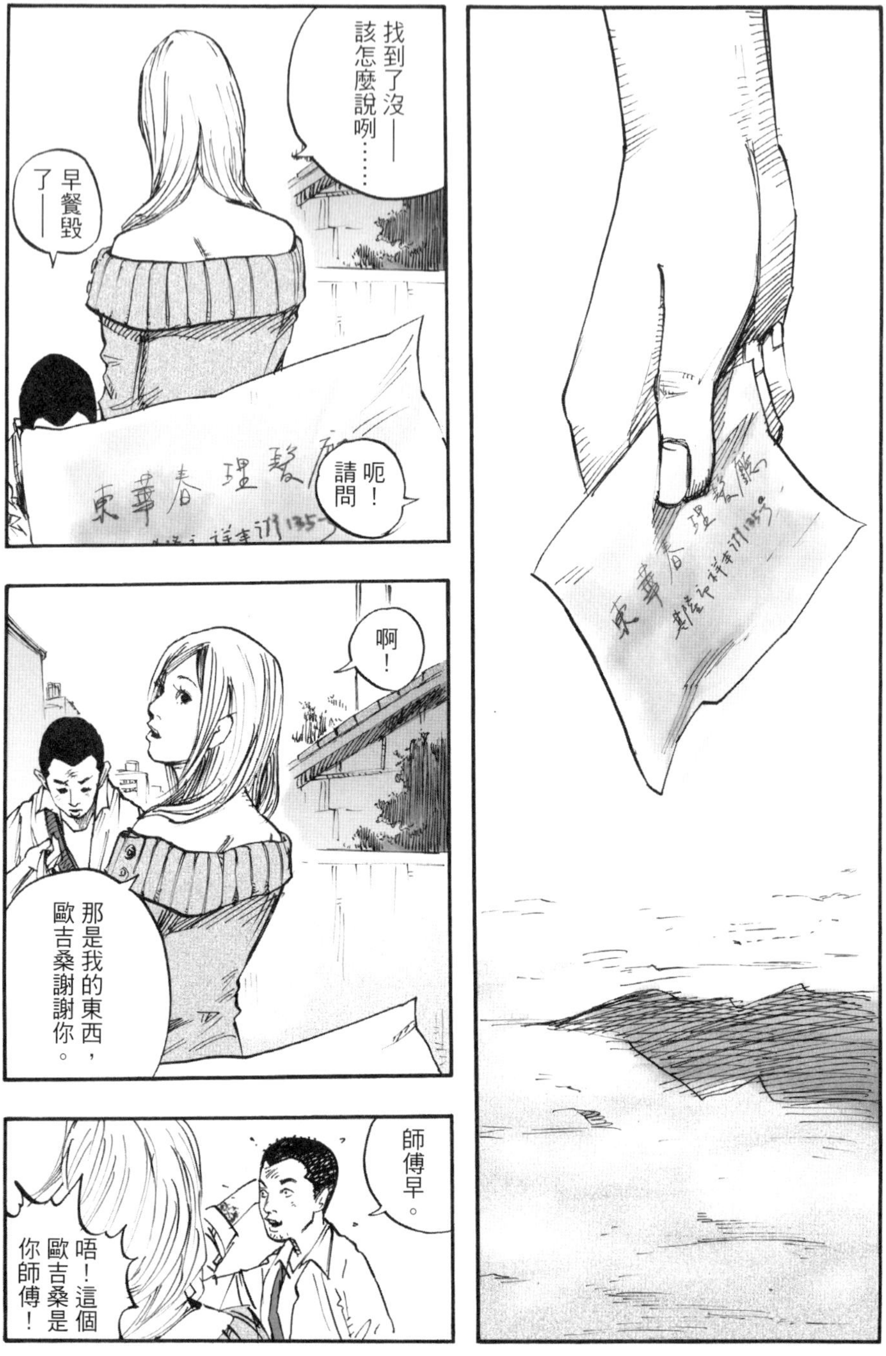
東華春理髮廳
找到了沒——
該怎麼說咧……
早餐毀了——
呃！請問
啊！
那是我的東西，歐吉桑謝謝你。
師傅早。
唔！這個歐吉桑是你師傅！

什麼歐吉桑——我才37歲耶……
想知道嗎？
注意看著我的手——
我說玉蘭啊——
你怎麼知道我的名字！好噁心喔！
眼睛不要眨喔——
我嘿！
啪！
哇啊啊！你怎辦到的！好強喔！
師傅快教我！
肅靜！重點不是這個啦！
啊！
你怎麼會有我的照片？

這個，該怎麼說咧——嗯，這樣說吧——

我們兩個人的爸爸是同一個人。

唔！

……這……
這……這……麼說……她……
她是師傅同父異母的妹妹！
速的！沒錯——
本人正是她的大哥。
……

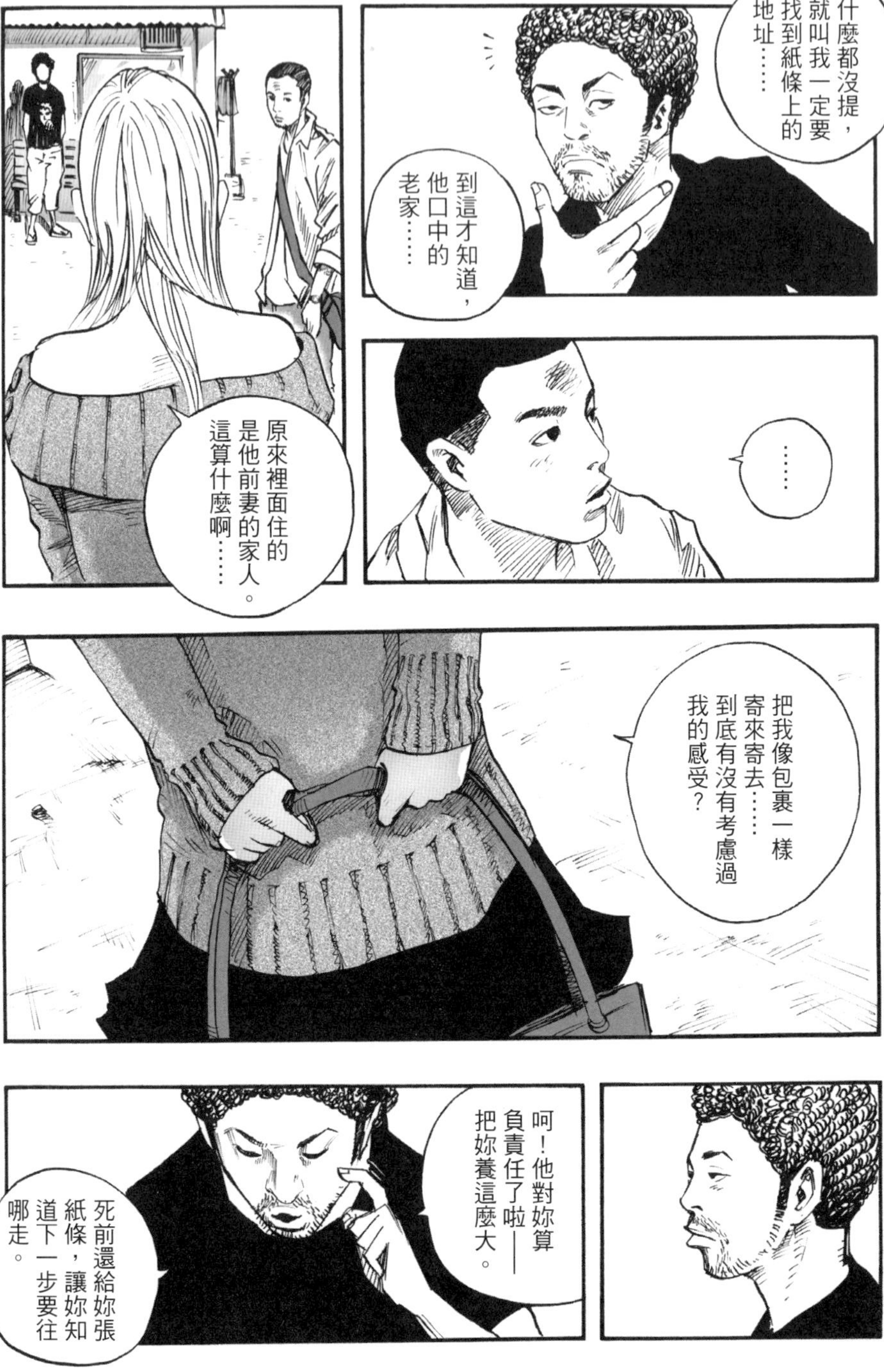
什麼都沒提，就叫我一定要找到紙條上的地址……
到這才知道，他口中的老家……
……
原來裡面住的是他前妻的家人。這算什麼啊……
把我像包裹一樣寄來寄去……到底有沒有考慮過我的感受？
呵！他對妳算負責任了啦——把妳養這麼大。
死前還給妳張紙條，讓妳知道下一步要往哪走。

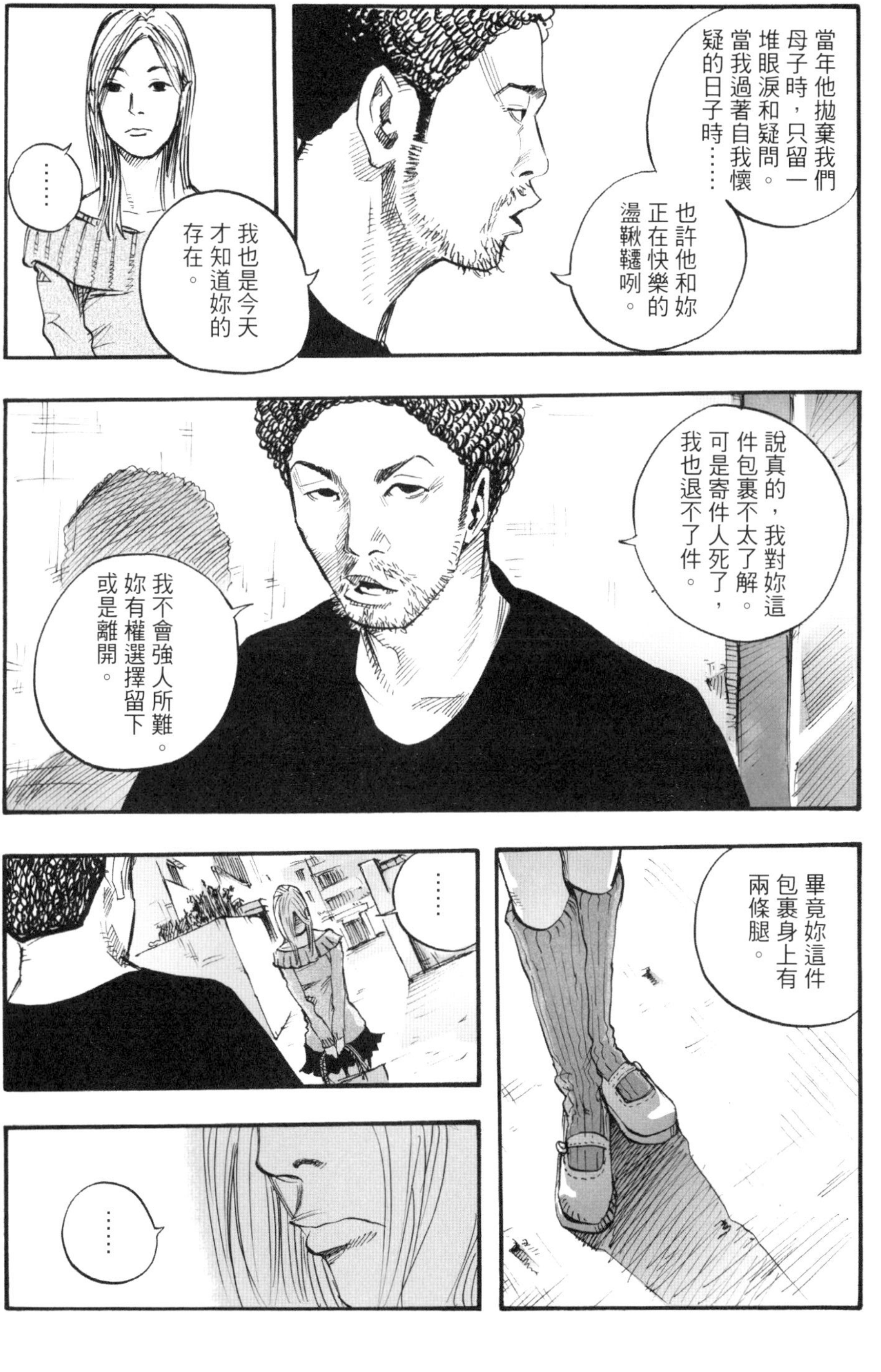
當年他拋棄我們母子時，只留一堆眼淚和疑問。當我過著自我懷疑的日子時……
也許他和妳正在快樂的盪鞦韆咧。
我也是今天才知道妳的存在。
……
說真的，我對妳這件包裹不太了解。可是寄件人死了，我也退不了件。
我不會強人所難。妳有權選擇留下或是離開。
畢竟妳這件包裹身上有兩條腿。
……
……

就當我沒來過……
彆扭的小鬼……
……
住下來吧。

你們不是兄妹嗎！好不容易知道了彼此，為何要當作沒這回事。
陌生人都能組成一個家，何況是有相同血緣的！
再說，暫時沒去處了，妳一定才會來這吧！
讓你們兄妹相認一起生活，我想這是伯父的遺願……
妳跟師傅已經失去二十年做兄妹的時間了……請妳一定要留下來。
……
硍！房子是我的耶。搞得好像你是屋主一樣——
唔！裂了。你頭還真硬。
對不起！我太入戲了——

你不是老靠北說太忙，需要一個學徒幫忙嗎？
學徒？
什麼學徒？沒有啊……
啊！對對！我想起來了！我太需要學徒了！
我說那個玉蘭啊……
今天起妳就算東華春理髮廳的一員了。
對了……

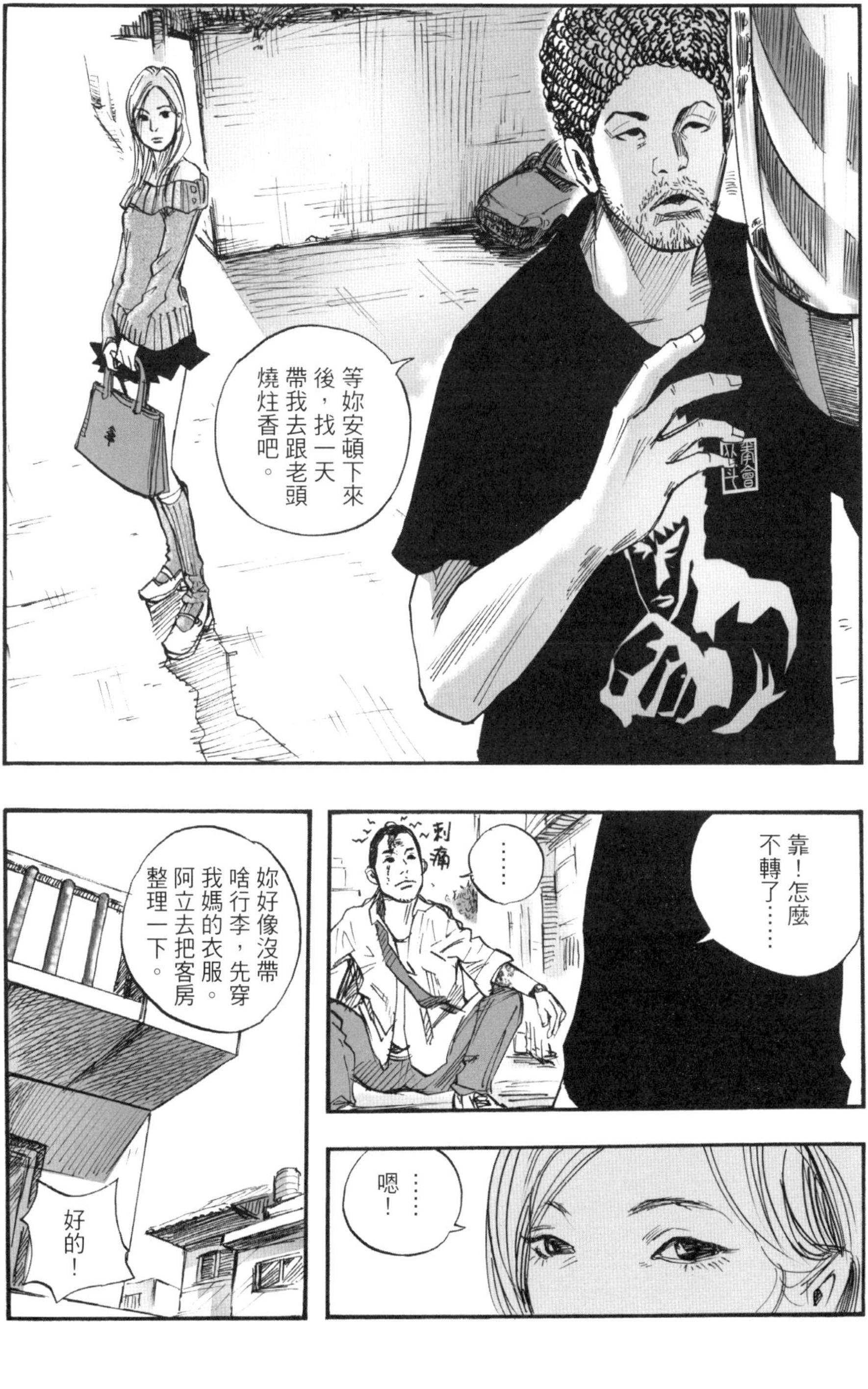
等妳安頓下來後，找一天帶我去跟老頭燒炷香吧。
靠！怎麼不轉了……
……
刺痛
妳好像沒帶啥行李，先穿我媽的衣服。阿立去把客房整理一下。
……嗯！
好的！

我先自我介紹一下。
妳好，我叫陳小華，是這家理髮廳的老闆。請多指教。
唔？
噗——來這套……

華ㄟ，我聽老一輩的人説過，
兄弟姐妹之間的緣分
是有今生無來世的。
我希望你能拋棄對我的偏見，試著接受她。
屋頂的玉蘭樹也快到綻放的季節了吧。
可以的話……
如果你願意的話，
請摘一朵放在我的墳前。
如果你還願意來看我的話……
父 振東 筆

東華春大戲院
今日放映
馬沙老大的春天
人生如戲
過程猶如
空中之音
相中之色
水中之月
鏡中之象
虛實真假
戲如人生
十三元題
大家好──
我叫馬沙，今年二十五歲。
雖然村里的人都在背後批評
我收保護費，但那是我的職
業，大家請警衛、保安不是
也要花錢嗎！
其實我的工作內容就是
做好守望相助，說穿了性質跟
本里里長伯一樣。
我搞不清楚為何會被討厭……
今天是我和網友頭一次見面，
呵呵！我有點緊張耶──
她約我在街尾的西餐廳見面。
依我推斷，她一定也住在
附近啊──在茫茫網海中，
我的網友竟與我如此靠近──
莫非這就是命中注定
的緣分?!
在我吃了五份牛排、
六塊蛋糕和七杯
咖啡後，她仍
沒出現……
會不會是路上
塞車了？
哈！我真糊塗。既然
是住附近，怎麼
會塞車呢？
突然，我茅塞頓開。
從我一進門幫我服務
的人就是她──
我的網友
小莉
哈！原來這間店是她家經營的，
我上週才來收費呢。
為了表示禮貌，
我脫了帽子向她致意。
雖然阿華叫我不能脫，
但，我是紳士啊。
果然奏效了。
她笑了，不！
連她家人也都
笑了！
YES！
YA!!
初次約會
大大成功啊！
我的愛情種子似乎嗅到了
春天的氣息而悄悄萌芽了！
這頓飯一萬元花得真是
值得。雖然小弟們都說我
被坑了……
一定是他們心眼太小了。
劇終

CUT.2 兄妹的午餐

終於放暑假了——不用上學真好！
我爸說要帶我們全家去圓山動物園玩耶。
雖然去年去過了……
你咧，暑假有要去哪嗎？
……
阿爸……

我要去找我阿爸。
阿爸買給我的史艷文，
一定會幫助我找到阿爸的。
出發！
叭叭！

小鬼找死啊！別擋路！閃邊去！
啊！對不起。
喀！
唰！
啊！
……
噗通——

……
老史，你又多一封信跟你作伴了。
我也多了一個包裹妹……
她的東西也先暫放你這裡喔！
師傅，可以吃飯囉——
喔。
……
我去看湯滾了沒……
喂——衣服換好下來吃飯。

……
媽呀——這件衣服是民初戲劇的道具服吧！
連房間擺設也是古董三面鏡、明星花露水，
還有鐵製餅乾盒……
其實我想跟和藹的前科犯說我不是沒地方去。是本小姐身上只剩車錢了……
我的證件、金融卡以前都是老爸幫我收著，現在不知放哪了？要不是這樣，我早閃了……
唔！

這間是歐吉桑的房間吧。
還滿整齊的，跟他的邋遢樣完全不搭……
啊！
歐吉桑會有我和老爸的合照，這表示他們之間一定有所聯繫……
那麼我的那些東西……
哇，伯母的衣服很適合妳耶——
師傅對吧？

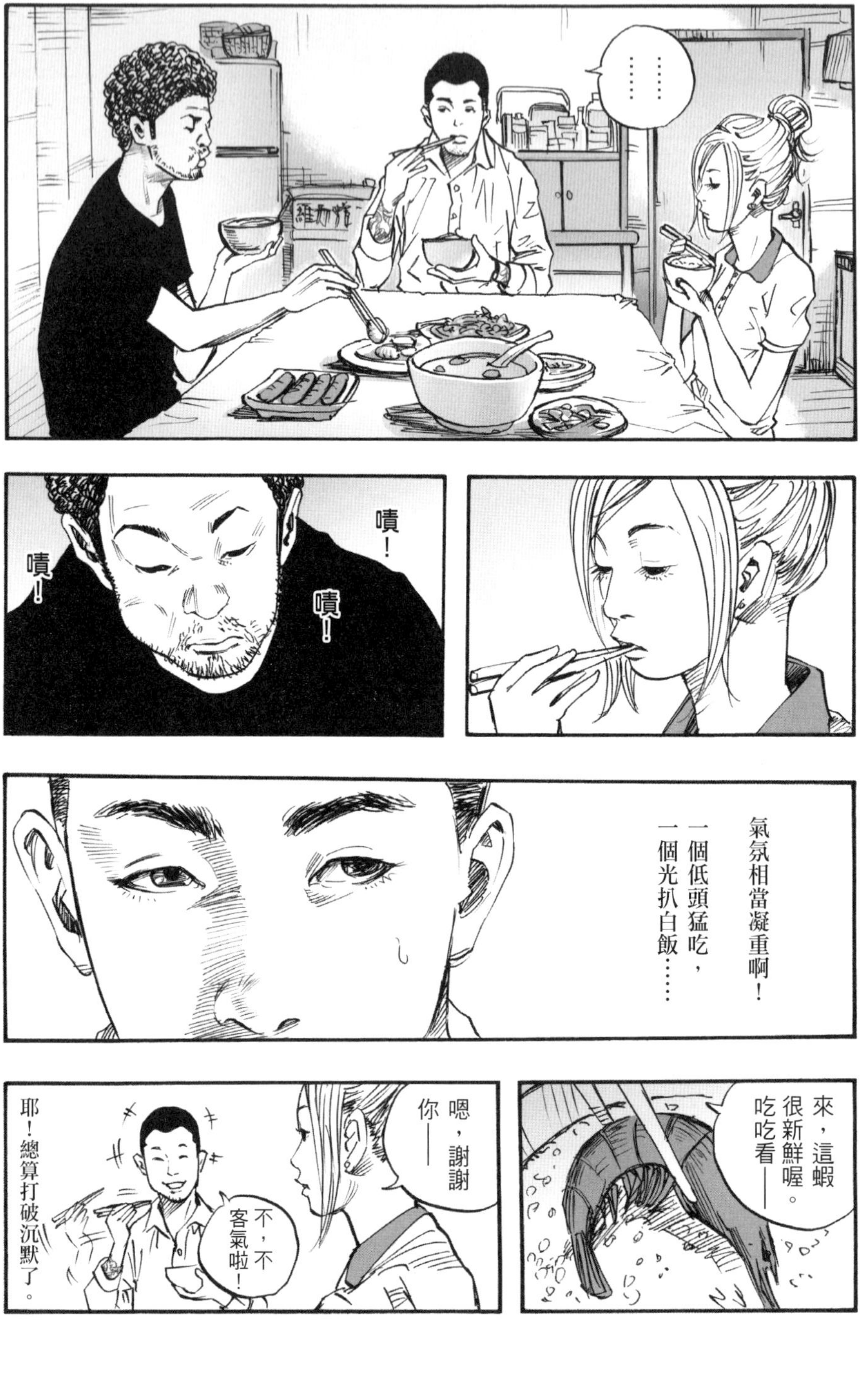
……
……
嘖！
嘖！
嘖！
氣氛相當凝重啊！
一個低頭猛吃，
一個光扒白飯……
來，這蝦很新鮮喔。吃吃看——
嗯，謝謝你——
不，不客氣啦！
耶！總算打破沉默了。

喂！你要殺死她喔。她對甲殼類過敏啦——
抱歉！我不知道妳會過敏。
別在意。
她又不是客人，想吃什麼會自己夾啦——
那是小時候的事，現在長大了應該不要緊。
他居然連我小時候過敏差點死掉的事都知道……東西肯定在他那裡！
哇——這蝦子真的好鮮美喔！
真的嗎？如果喜歡多吃一點！
可是，過敏……真的沒影響了嗎？
沒事。
!!
阿娘喂——老頭你怎麼培養出一個等級這麼高的幼稚鬼！

妳跟阿立好像相處的不錯，住個幾天就會適應了。
至於生活上的習慣可能得互相配合，畢竟要住在同一個屋簷下。
有什麼需要可以找我或阿立。
嗯！
我現在需要的是你把證件和提款卡還給我啦！
哪怕是一句話，只要能開口交談……
日子一久，兄妹的情感就能慢慢建立起來了！
叮鈴——

啊！有客人耶。
你坐下啦！
咦？
咦什麼咦。你不是有學徒了——
妳和老頭生活那麼多年，多少學了一點吧。
呃！
可……可是以前都是老爸他……
幫客人抓抓龍洗洗頭應該沒問題吧。
快去！別讓客人等太久。
嗯！
可惡……

呃！師傅這樣好嗎——
你心疼喔——
不是啦！她是你的……
阿立。
你還記得上工第一天，我說的話嗎？
當然記得。
你說「天下沒有白吃的午餐」。
正確！
十七歲的她，也該體認這個現實了。況且……

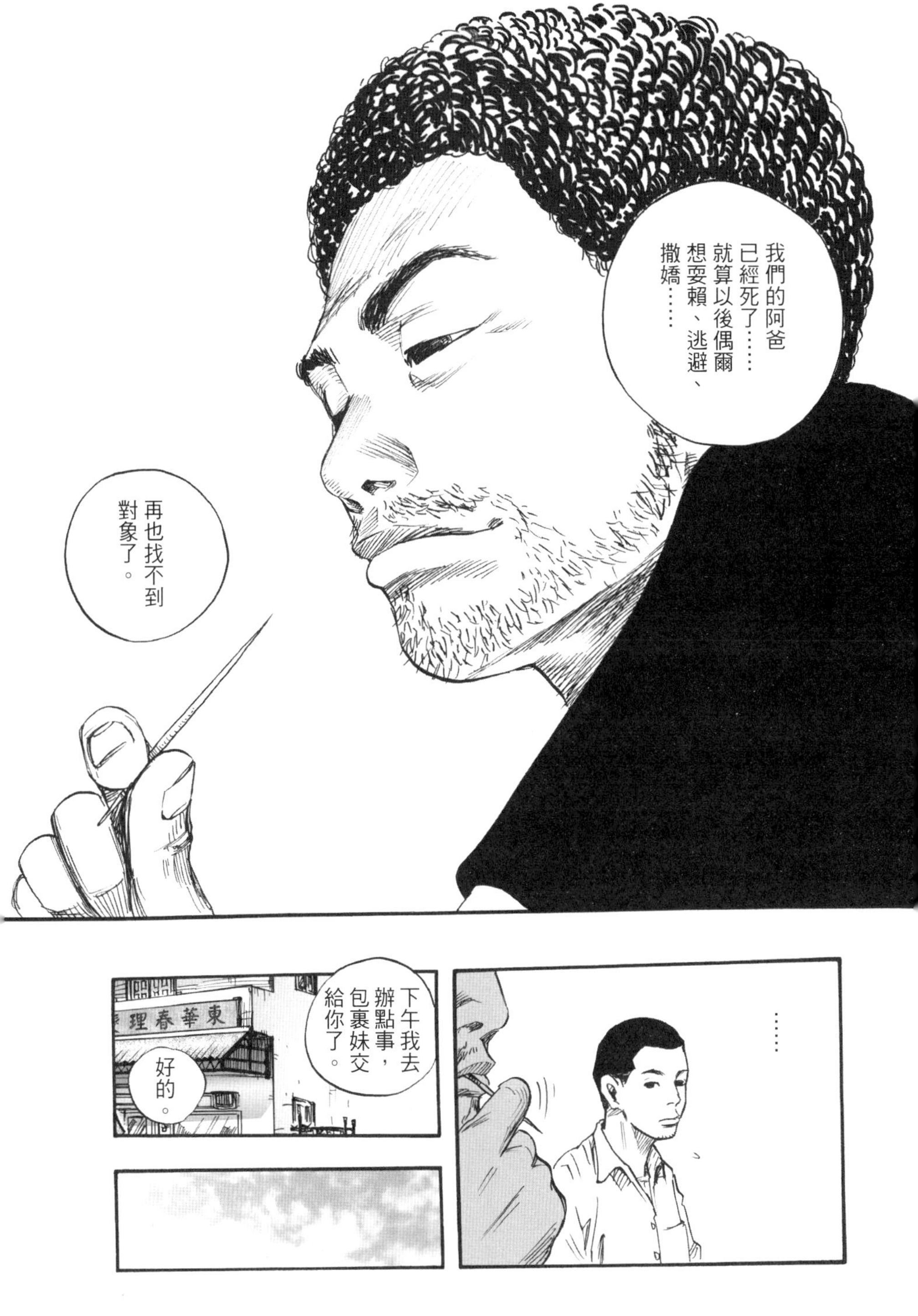
我們的阿爸已經死了……就算以後偶爾想要賴、逃避、撒嬌……
再也找不到對象了。
……
下午我去辦點事，包裹妹交給你了。
好的。
東華春理

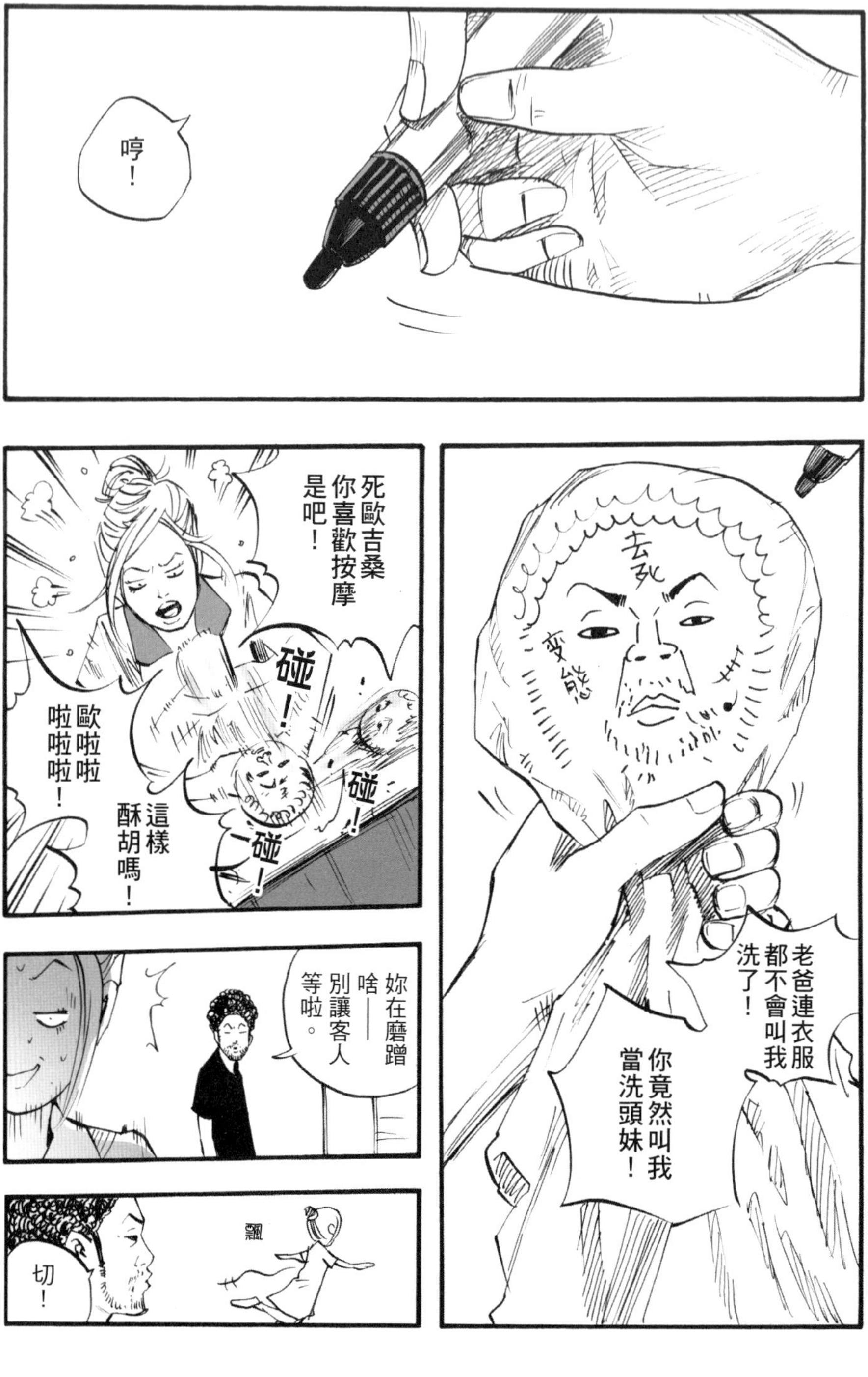
哼！
你竟然叫我當洗頭妹！
老爸連衣服都不會叫我洗了！
死歐吉桑你喜歡按摩是吧！
碰！
碰！
碰！
這樣酥胡嗎！
歐啦啦啦啦啦！
妳在磨蹭啥——別讓客人等啦。
飄
切！

呼——他應該沒聽到吧？
哼！聽到又如何……
等我找機會拿到證件跟錢……
閃～閃～
閃～
歡迎光臨！
只好忍耐一下……
呼——
阿福，是新人嗎？聲音沒聽過。
唔喔喔！是個正妹喔——
小華開竅了，早該找這樣的姑娘，生意才會好嘛。
……
哈哈哈！老伯真幽默。
我的媽呀！這裡是活化石保育園區嗎！一堆老人。

請問哪一位要先洗？
哎呀，別朝著我問啦——很難為情耶。
是宅七公要洗啦，我是來看報紙的。
宅七公？好怪的名字……
哈！他姓柴，名字叫其恭。叫快一點就變宅七公了。那個看報的禿頭叫做天祿。
妳叫我福哥哥就好了！
你都可以當她阿公了，還哥哥咧。
我就知道是你們。
福哥的嗓門，我在非洲都聽得到。
聽你在唬爛！你穿這麼帥要去哪？
出去辦點事啦。
天祿去開燈啦，以後瞎了我不負責喔。
知啦！

叩！
叮鈴！
我去放音樂，你們要聽什麼？
喔耶！機會來了！可以去找東西了……
隨便，都可以。
來囉！
小鄧的〈誰來愛我〉給它唱下去……
鄧麗君
!!
這首歌……

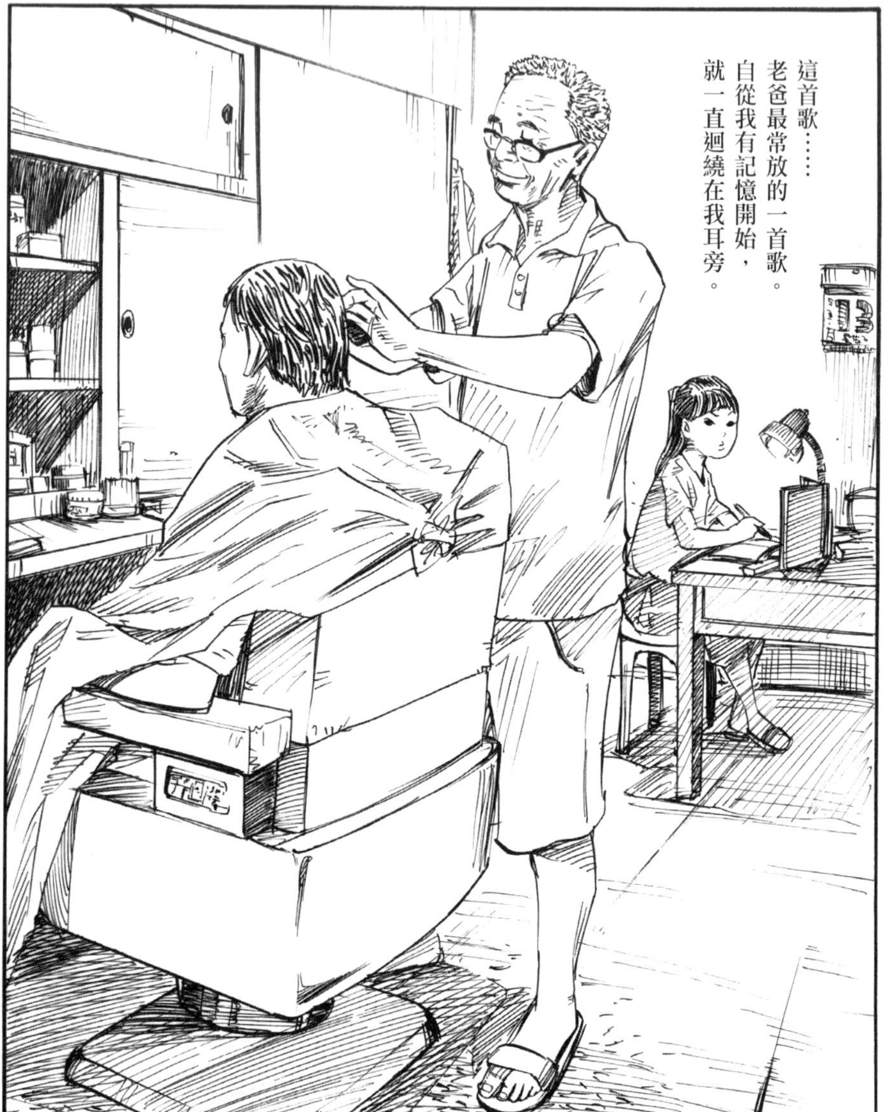
這首歌……
老爸最常放的一首歌。
自從我有記憶開始，
就一直迴繞在我耳旁。

實在煩死了！
我恨不得
把唱片折斷。
我好討厭
這首歌……

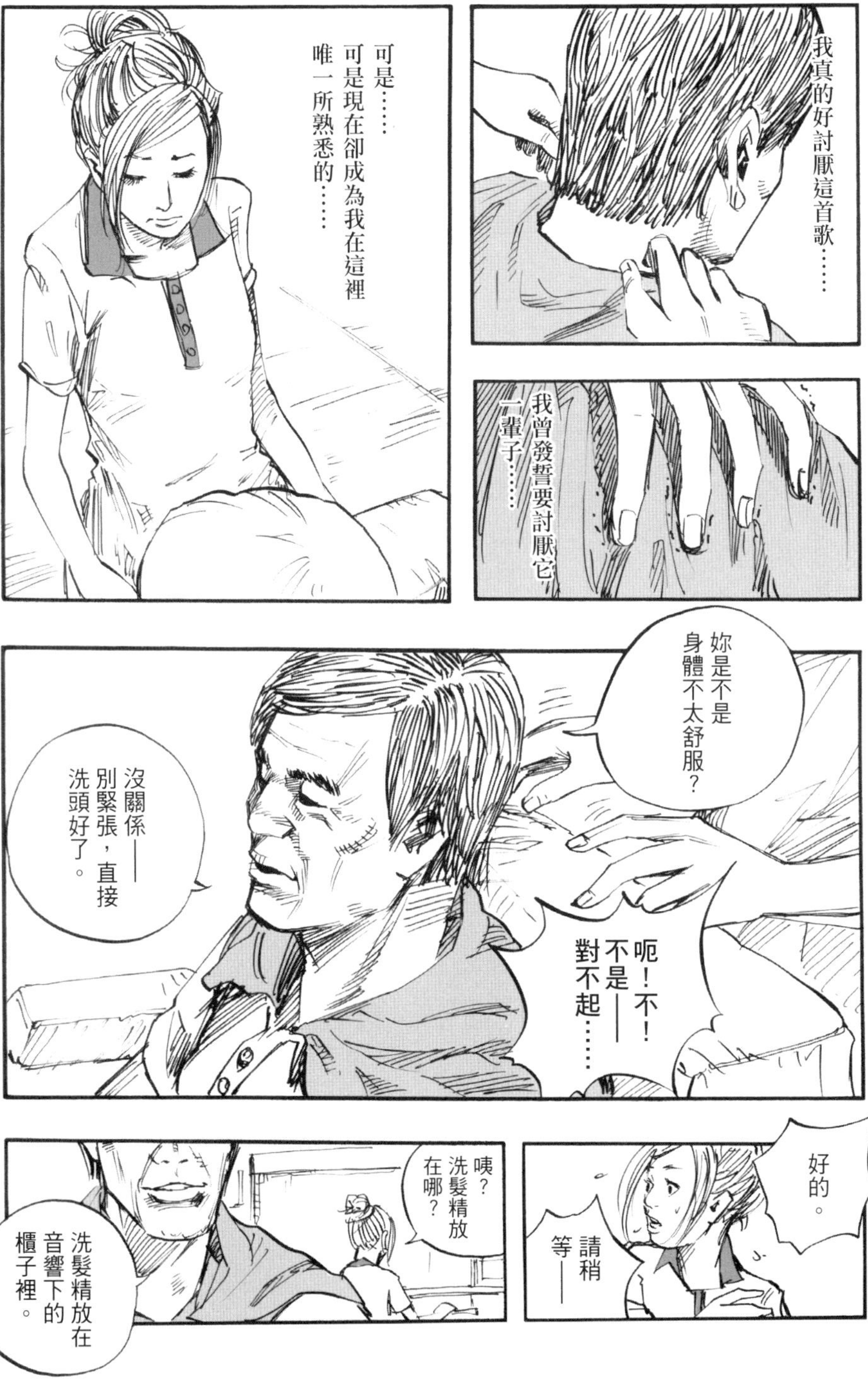
我真的好討厭這首歌……
我曾發誓要討厭它
一輩子……
可是……
可是現在卻成為我在這裡
唯一所熟悉的……
妳是不是身體不太舒服？
呃！不！不是──
對不起……
沒關係──別緊張，直接洗頭好了。
好的。
請稍等──
咦？洗髮精放在哪？
洗髮精放在音響下的櫃子裡。

真的在這裡耶！
你怎麼知道？你對這裡真熟悉。
都三十年了耶！這裡等於是第二個家了。
我連螞蟻窩在哪都知道。
你看，阿華的A片都藏在這。
這個不用跟我說啦！
三十年！我有沒有聽錯？
這家破舊的店有什麼魅力啊？
東華春理髮
呃……
有什麼魅力啊……
應該就是它的破舊和一成不變……

垂掛在櫃子的吹風機，
窗戶旁的日曆，
東華春理髮廳
九十七年
七月
1
星期二
農曆五月二十八日
牆上數著時間流逝的時鐘……
還有承載許多人回憶而逐漸老舊的理髮椅；
它們一直守在各自位置上。
我不清楚別人的想法。不過我在這裡，會有股被它們看顧的溫暖。
……
您說的……
我現在大概能體會……

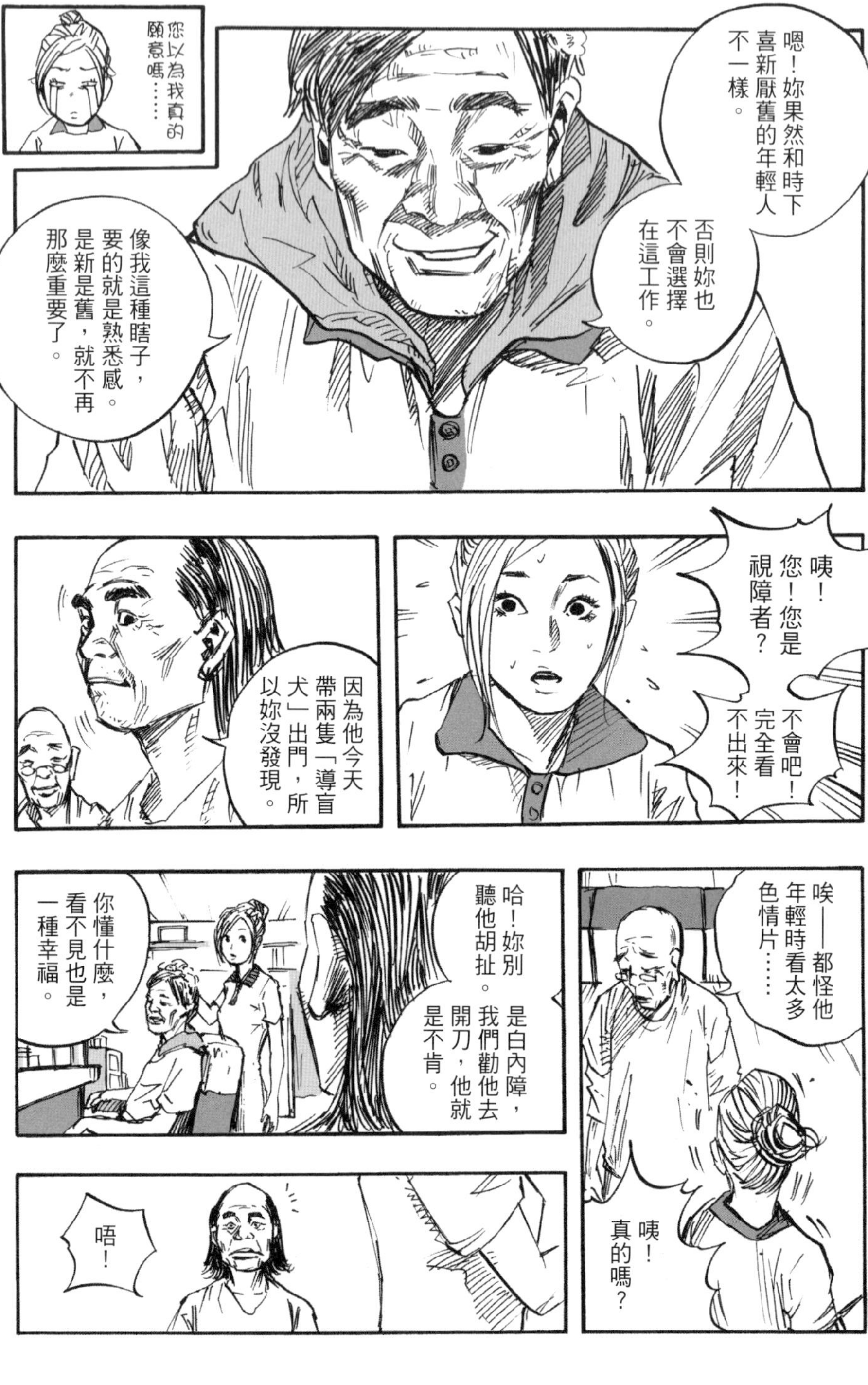
嗯！妳果然和時下喜新厭舊的年輕人不一樣。
否則妳也不會選擇在這工作。
像我這種瞎子，要的就是熟悉感。是新是舊，就不再那麼重要了。
您以為我真的願意嗎……
咦！您！您是視障者？
不會吧！完全看不出來！
因為他今天帶兩隻「導盲犬」出門，所以妳沒發現。
唉——都怪他年輕時看太多色情片……
咦！真的嗎？
哈！妳別聽他胡扯。
是白內障，我們勸他去開刀，他就是不肯。
你懂什麼，看不見也是一種幸福。
唔！

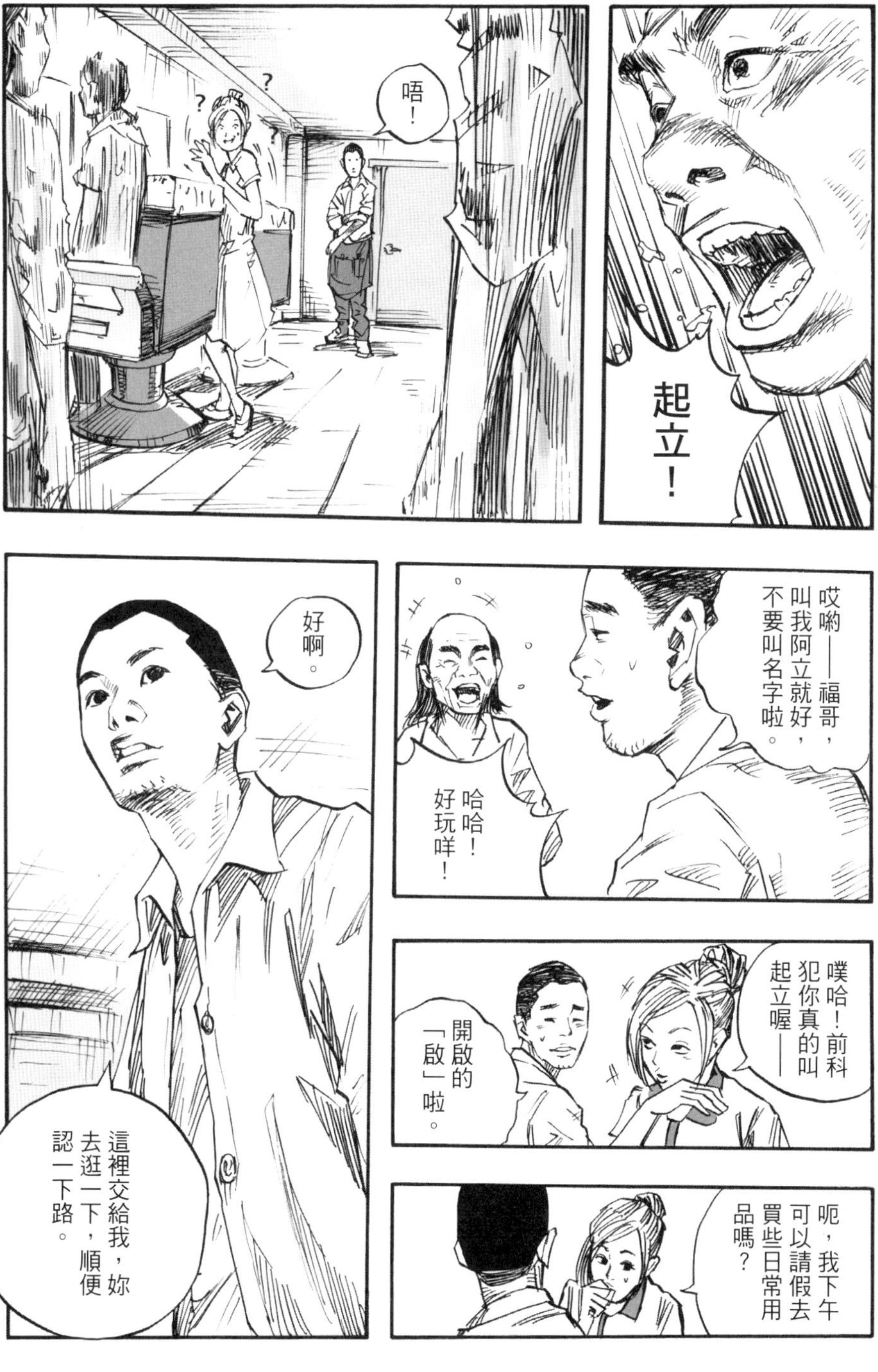
起立！
唔！
哎喲——福哥，叫我阿立就好，不要叫名字啦。
哈哈！好玩咩！
好啊。
噗哈！前科犯你真的叫起立喔——
開啟的「啟」啦。
呃，我下午可以請假去買些日常用品嗎？
這裡交給我，妳去逛一下，順便認一下路。

謝謝「起立」哥——
……
中船路
勝叔，這東西有點趕，就麻煩你囉。
沒問題的啦。
……
好久不見——還以為這輩子再也見不到你了……

四點半了喔。
她應該醒了吧？
找她幫忙好了。
阿立
夢娜
0917123456
撥叫
進階
嗶！
對喔——我忘記
輸入包裹妹的
手機號碼。
回去再跟
她要……
OK

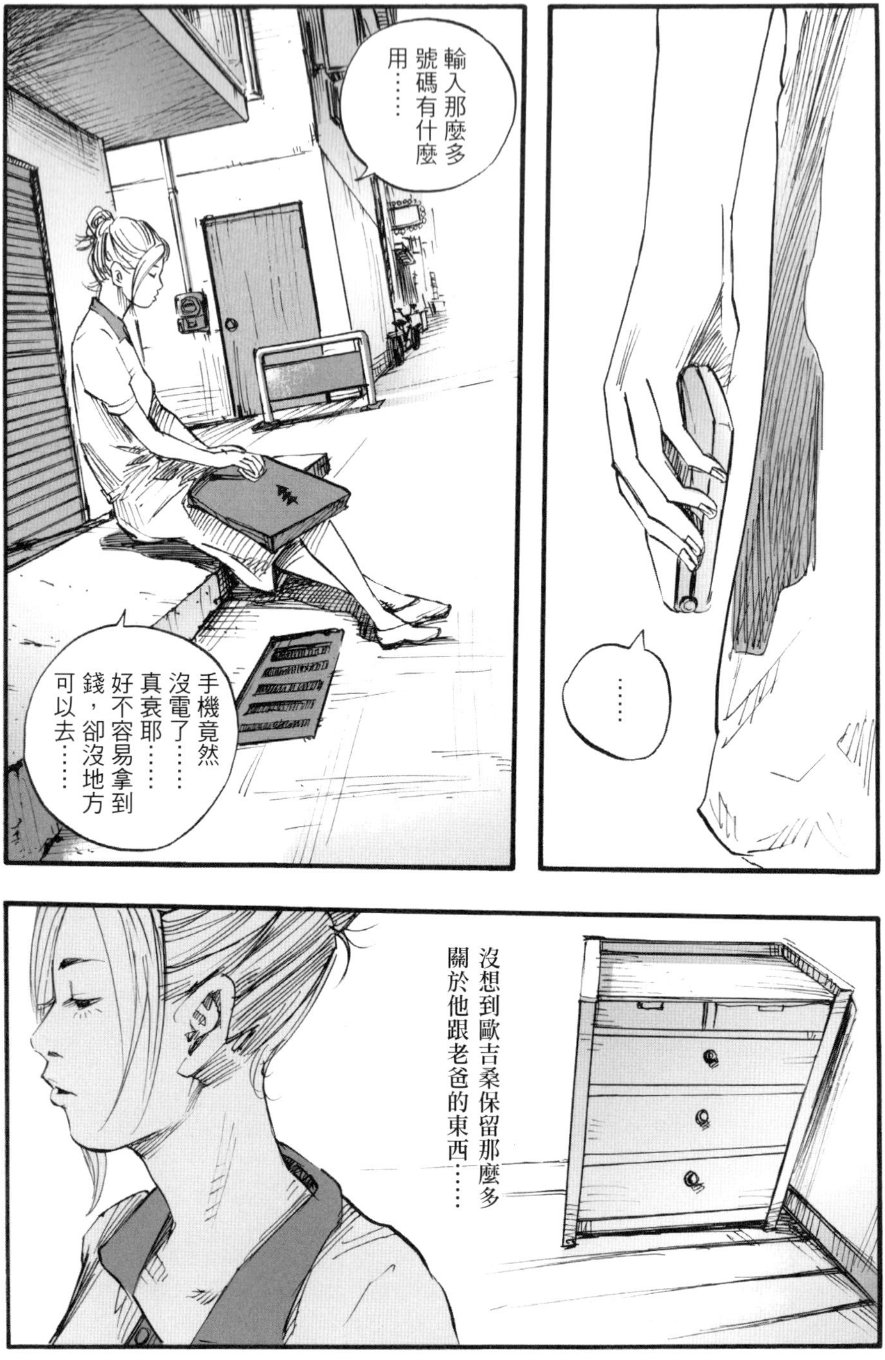
輸入那麼多號碼有什麼用……
手機竟然沒電了……真衰耶……好不容易拿到錢，卻沒地方可以去……
……
沒想到歐吉桑保留那麼多關於他跟老爸的東西……

每天面對
這些東西……
小華一年級
攝於校門口
拋家棄子的形象，
實在無法和我認識的老爸重疊。
等於一直在提醒自己
被遺棄的事實。
但是在看過那封信以後，
我再也無法替老爸辯駁了。

老爸，為什麼你要我來這啊？你怎麼確定你年輕就離開的家人會想成為我的家人？
果然那個臭歐吉桑開始就下馬威叫我做這做那的！
他根本把對你的恨發洩在我身上！
沒錯！離開那間鬼屋絕對正確！
算了——沒那個心思想這些了……
妳早點回來，晚上我煮好料慶祝一下。
耶！我也要粗！
那個笨蛋……完全沒懷疑我在說謊，真是單純到爆炸。

唉！現在要煩惱的是去哪……
先找個地方幫手機充電。
呃……這裡沒有正常一點的飯店嗎？
HOTEL
抓！抓！抓！
怎麼這麼癢？被蚊子咬嗎？
唔！過敏……
……
糟了！一定是蝦子……
怎麼會……
以為現在已經不會再發作了……

啪！
呼呼呼！糟了……
呼！氣……
呼！氣喘……
氣喘發作了……

呼!呼!
呼!
呼!
呼!呼!
呼呼!
救……
救……
救命……
氣喘吁吁!
誰來救我……
呼!
呼!
呼!
呼!

喀！
怎麼了？
沒什麼，鑰匙圈斷了。
謝謝妳抽空幫我，下次請妳吃飯。我先送妳回店裡吧。
這鑰匙圈是你爸的？
嗯！
伯父留了滿多東西給你的嘛——
所以啊……
是沒錯啦——可是，卻少了一個爸爸……
……

所以，他才送來一個妹妹
和你作伴啊。
……

人生如戲
過程猶如
空中之音
相中之色
水中之月
鏡中之象
虛實真假
戲如人生
十三元 題
東華春大戲院
今日放映
史艷文
與
宅七公
相信大家對我一定不陌生。我就是武德兼修，以儒道行俠仗義的雲州大儒俠——史艷文。我行走江湖多年，歷經許多風險，但最終都化險為夷。
但是！
面對如此窘境，我真的沒輒了。我不會游泳！（羞～）
本來我是要陪主人去找離家的父親。可是為了閃避一輛拼裝車，我不慎從橋上落水了。
這時，水中冒出一隻手抓住了我！
驚！是水鬼抓交替嗎！我命休矣……
由於水流湍急，主人只能沿著河邊跑，邊哭喊著……
咦？他送我上岸了。

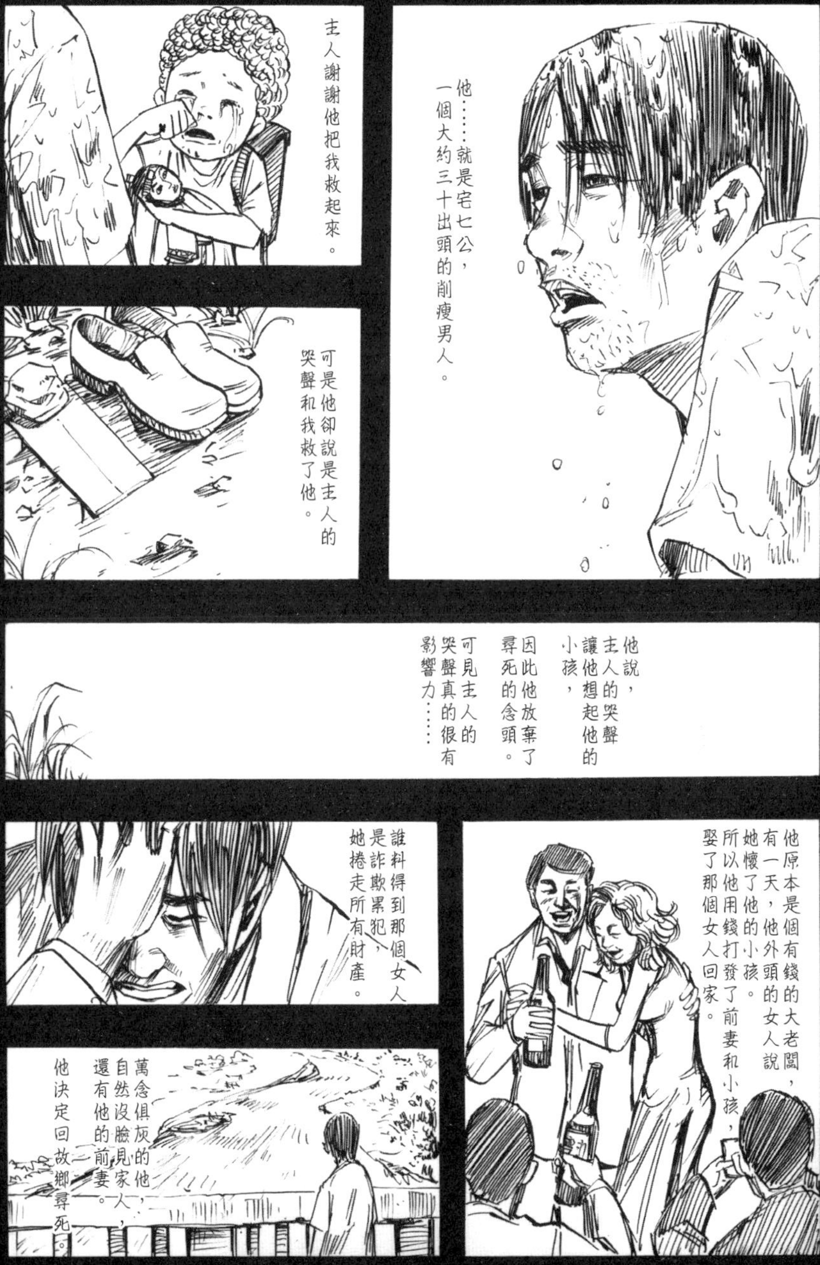
他……就是宅七公，
一個大約三十出頭的削瘦男人。
主人謝謝他把我救起來。
可是他卻說是主人的哭聲和我救了他。
他說，主人的哭聲讓他想起他的小孩，
因此他放棄了尋死的念頭。
可見主人的哭聲真的很有影響力……
他原本是個有錢的大老闆，有一天，他外頭的女人說她懷了他的小孩，
所以他用錢打發了前妻和小孩，娶了那個女人回家。
誰料得到那個女人是詐欺累犯，她捲走所有財產。
萬念俱灰的他，自然沒臉見家人，還有他的前妻。
他決定回故鄉尋死。

宅七公說完他的故事後，主人也說出他的……
那時的景象像是一對父子在河邊談心。
宅七公在聽完之後……
他摸一摸主人的頭，然後說出了主人長大後才能體會的一段話——
離開的人，在當下似乎是解脫了。
但是在那之後，他的內心必須承受的，卻比留下的人多了許多、許多……
我想他是在經歷一些事之後，自己得到了驗證……
這讓我了解到一件事……
做男人的，千萬不要在外面亂搞。
劇終

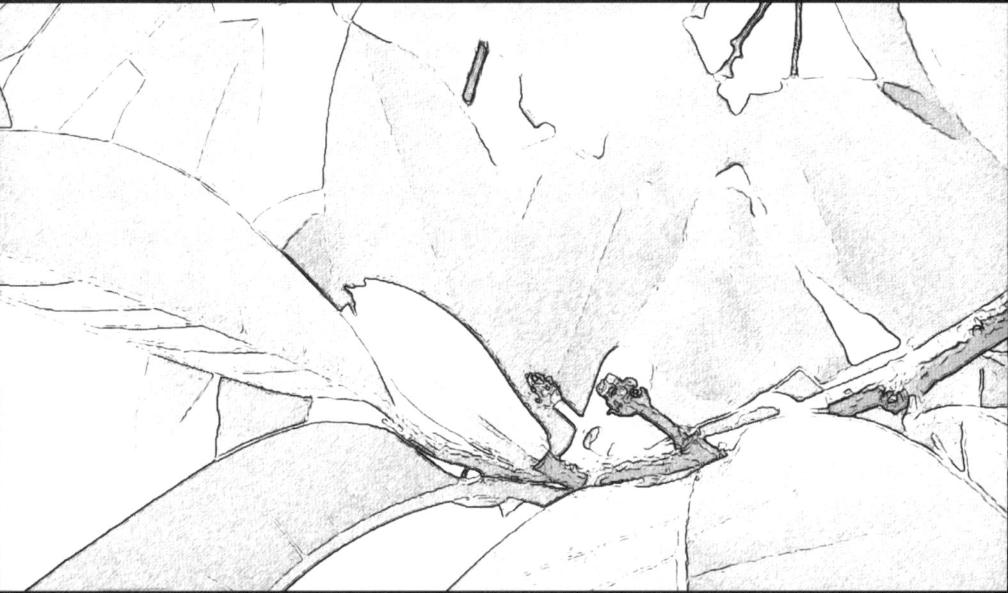

CUT.3　頂樓的玉蘭花樹

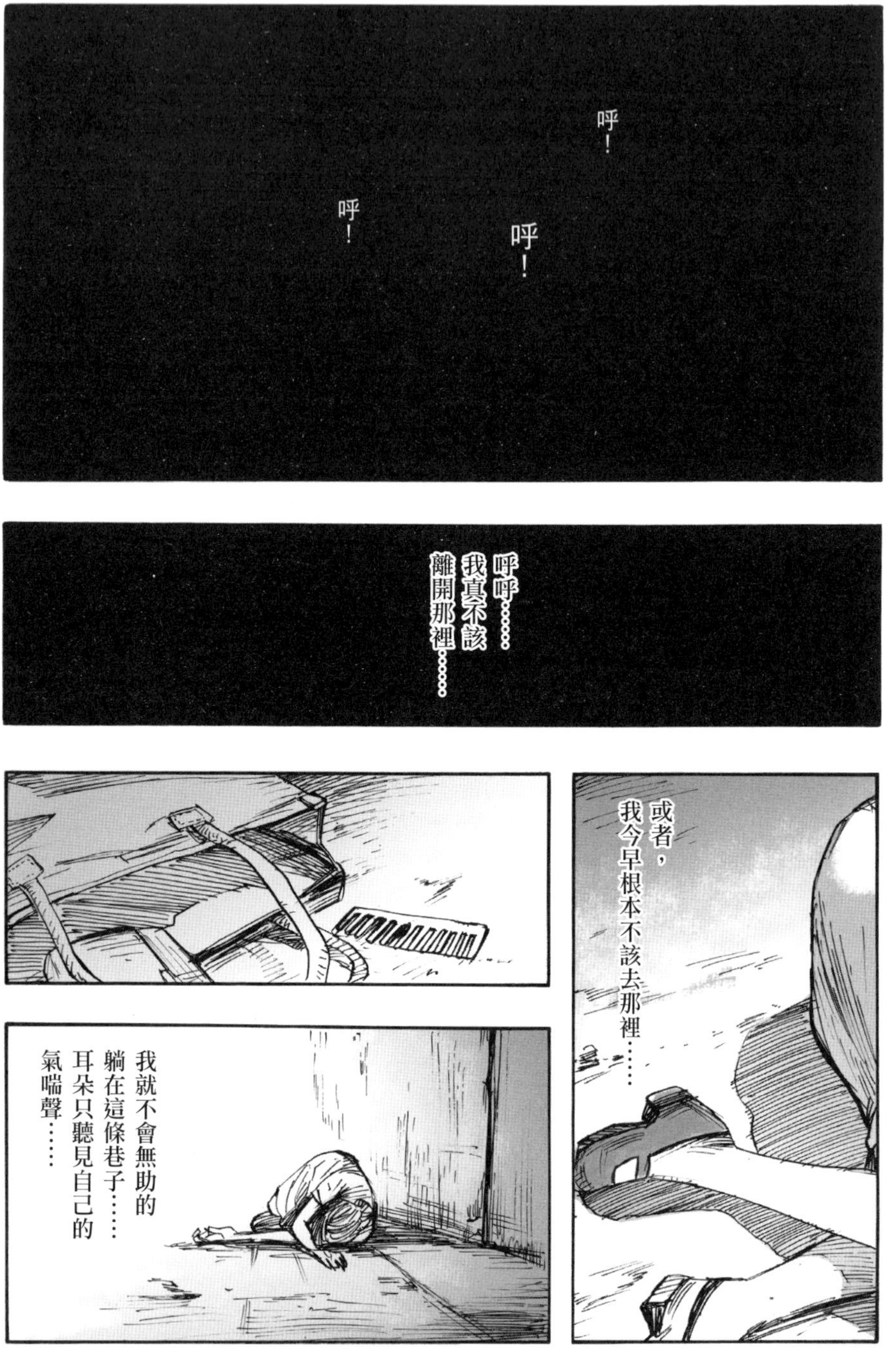
呼！
呼！
呼！
呼呼……
我真不該
離開那裡……
或者，
我今早根本不該去那裡……
我就不會無助的
躺在這條巷子……
耳朵只聽見自己的
氣喘聲……

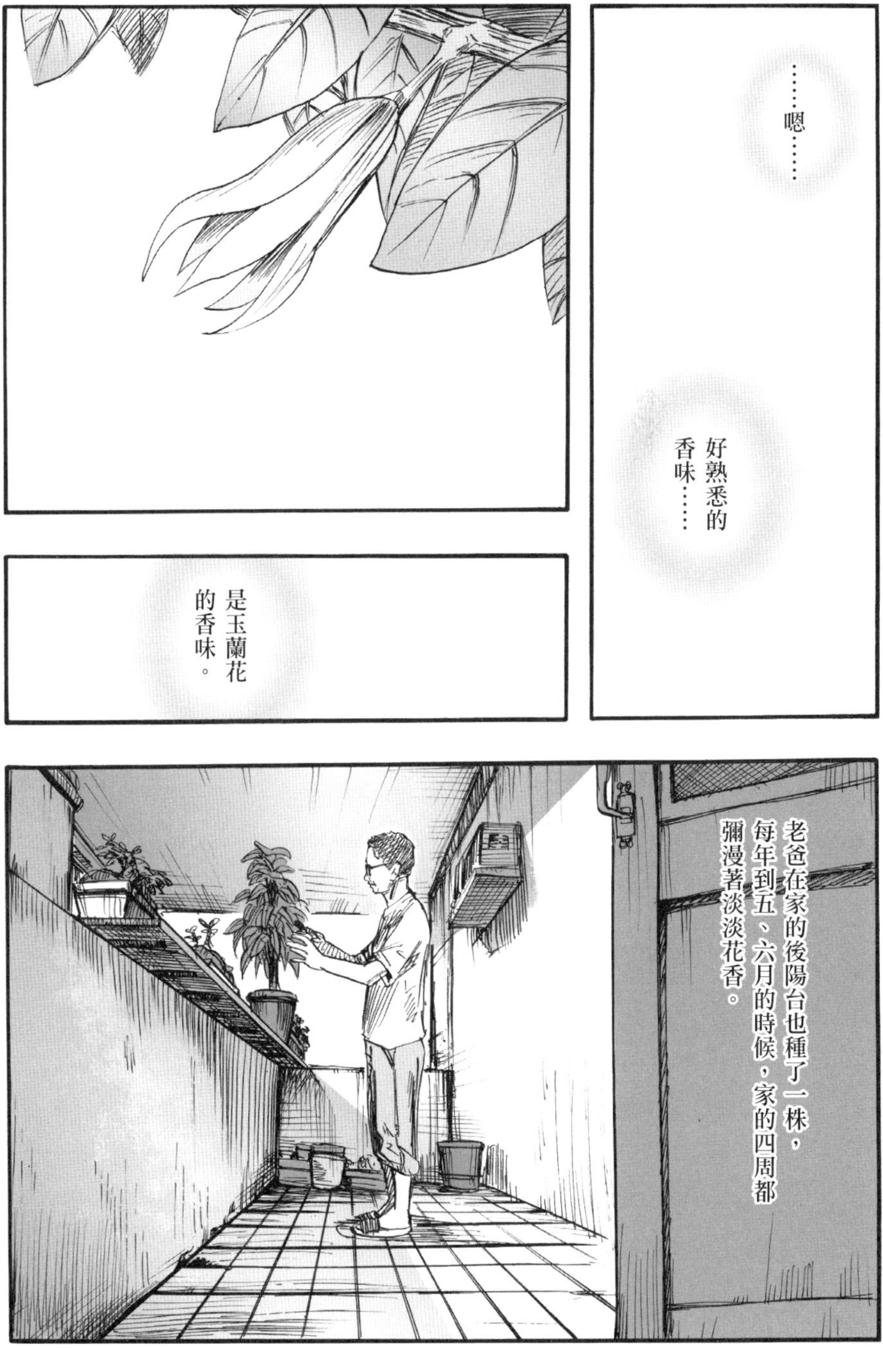
……嗯……
好熟悉的香味……
是玉蘭花的香味。
老爸在家的後陽台也種了一株，
每年到五、六月的時候，家的四周都
彌漫著淡淡花香。

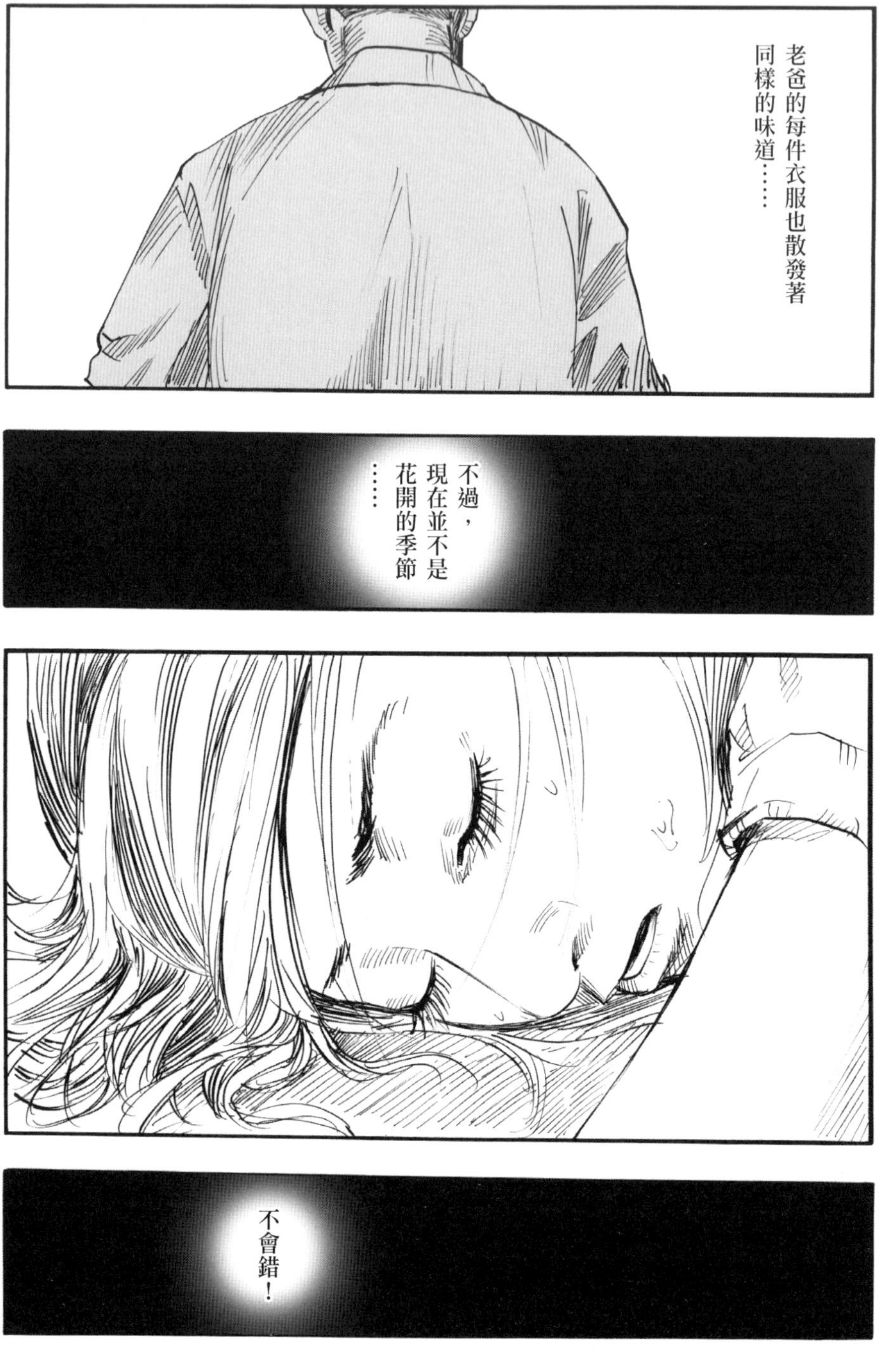
老爸的每件衣服也散發著
同樣的味道……
不過，
現在並不是
花開的季節
……
不會錯！

老爸來接我
回家了。
像小學的時候
他騎著單車，
我在後面抱著
他一起回家。
老爸的背很
暖和，像是
晒過太陽的
棉被。

……
太好了！妳終於醒了！還會覺得不舒服嗎？
……
唔？
我怎麼會在這……？

是我在後巷發現妳。
呃！妳怎麼……
昨天下午他找我出去，跟我說了你們的關係。
我看見你皮包裡的證件，馬上就叫小華來了。
妳叫玉蘭吧。
喏！這些衣服是小華託我幫妳挑的。
他說總不能讓妳老是穿舊衣服……
……
夢娜姊妳留下來吃午飯吧！
改天吧。折騰了一晚，我要回家補眠了。

……
妳該謝的是小華。
從送妳去急診到出院，一眼都沒闔過。
沒見他這麼緊張過。
……夢娜姊……謝謝妳……
幸好妳平安無事——
我去加點熱水……

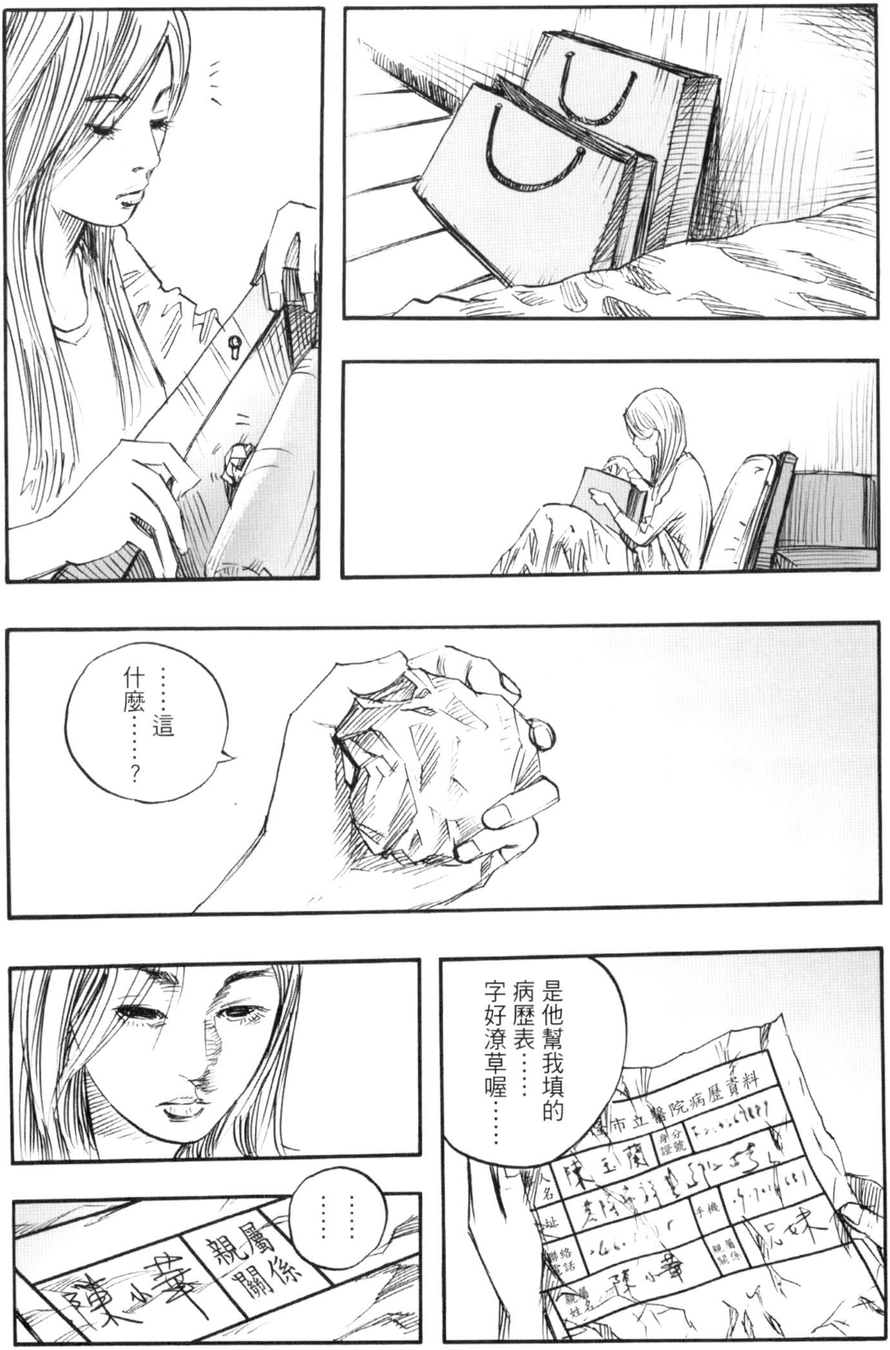
……這什麼……？
是他幫我填的病歷表……字好潦草喔……
市立醫院病歷資料
身分證號
陳玉蘭
地址
手機
聯絡電話
親屬關係
兄妹
親屬姓名
陳小華
……
親屬關係
陳小華

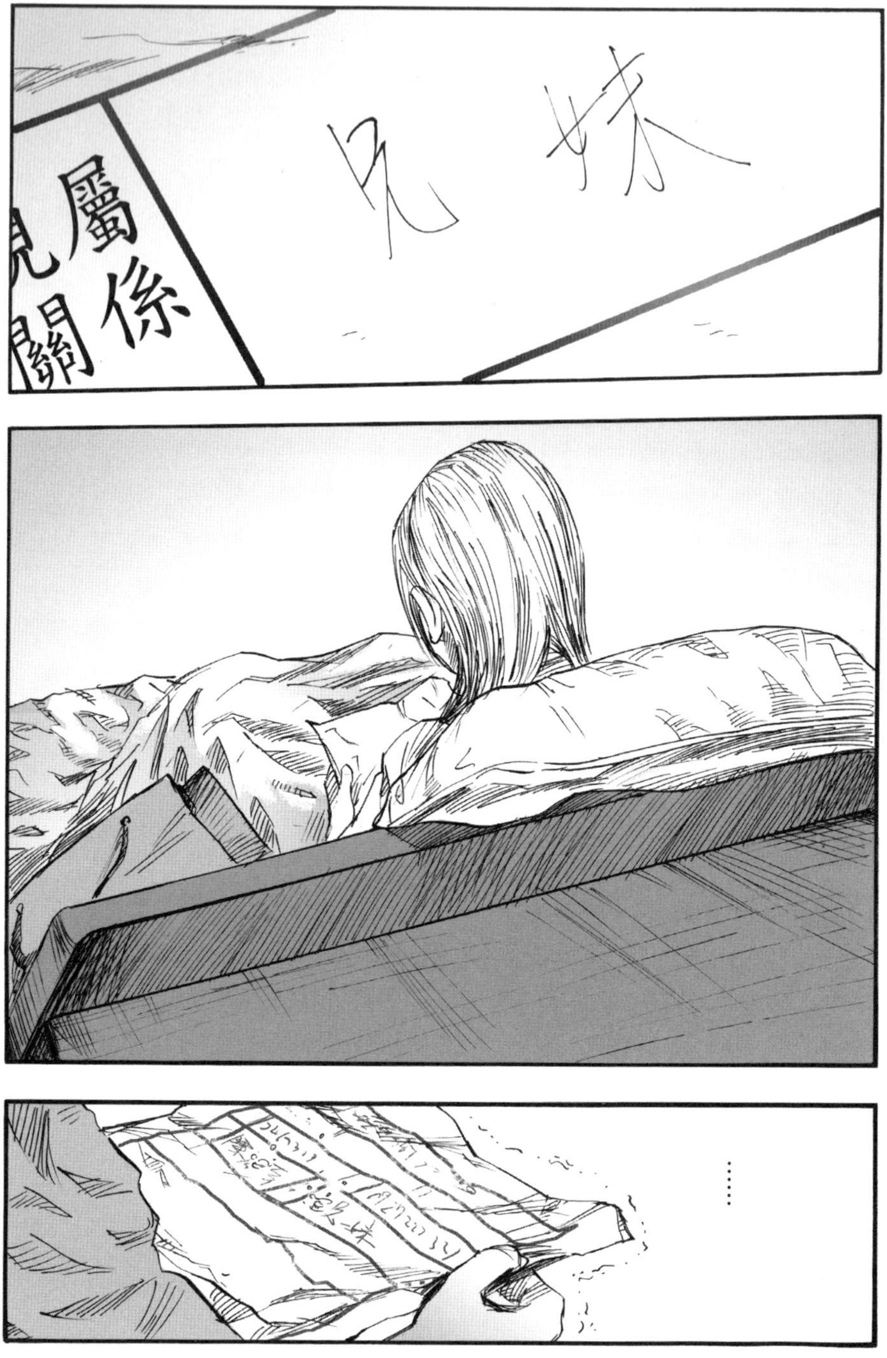
屬
關係
兄妹
……

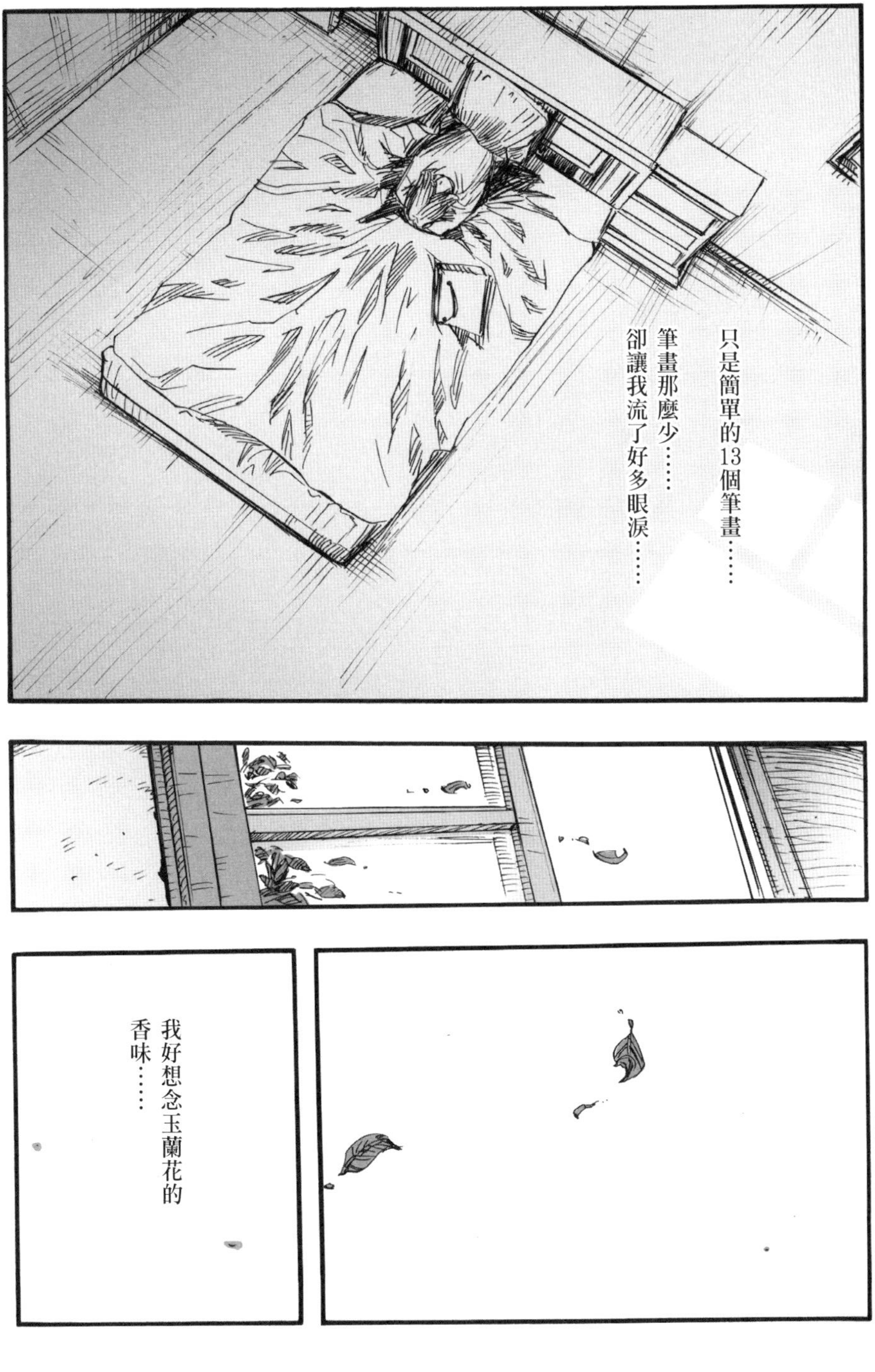
只是簡單的13個筆畫……
筆畫那麼少……
卻讓我流了好多眼淚……
我好想念玉蘭花的
香味……

OK
不知道花開了沒……
哇啊啊阿娘喂！
哇啊啊啊！

妳走路怎麼跟貓一樣，害我嚇到差點閃尿。
身體好點沒？
嗯！
上來透透氣也好，去拿板凳來坐吧。
昨天……謝謝你
既然妳提了，我就直接說吧。
唔？
你昨天下午打算拿了東西離開這裡，對吧？

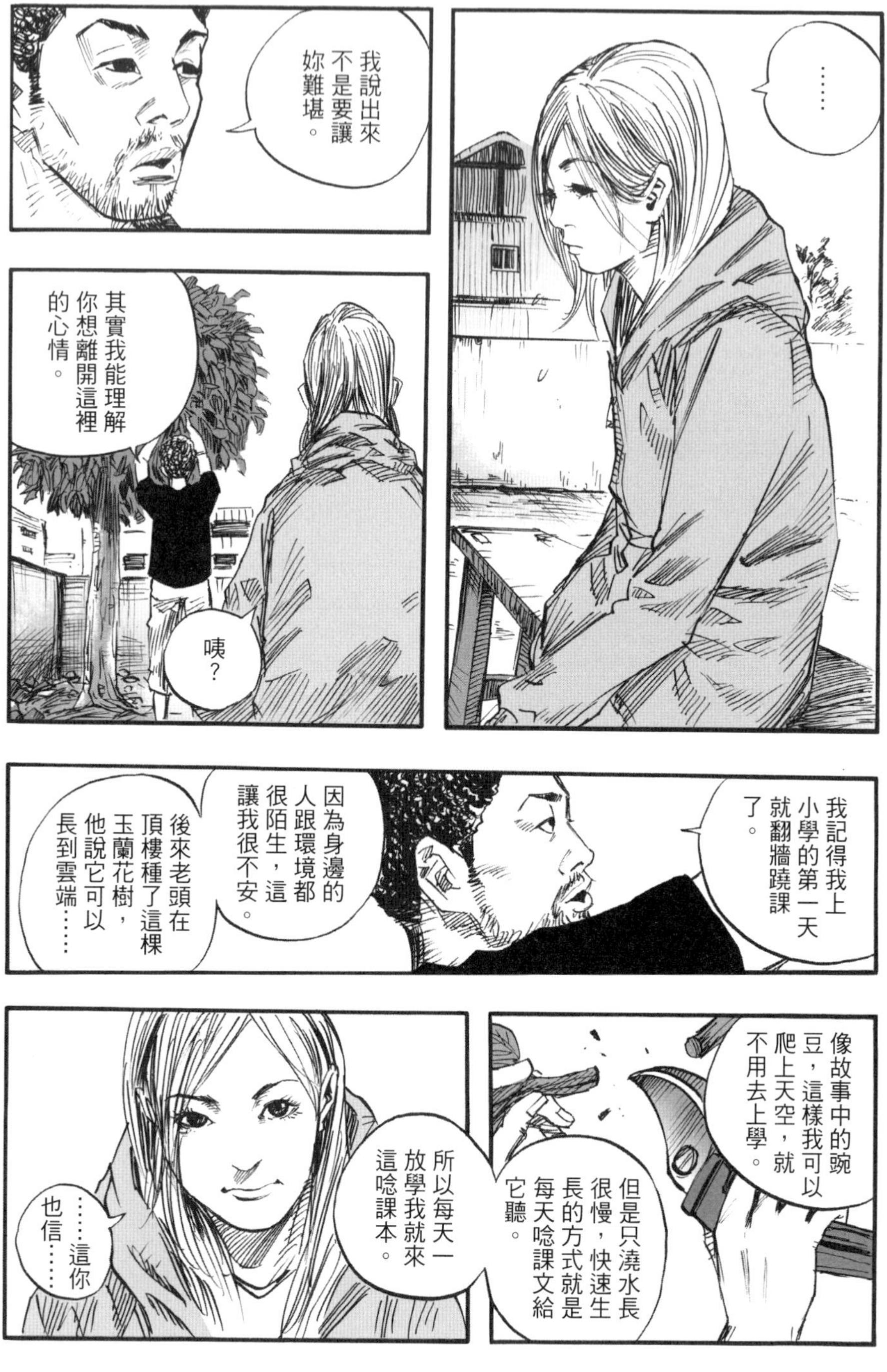
……
我說出來不是要讓妳難堪。
其實我能理解你想離開這裡的心情。
咦？
我記得我上小學的第一天就翻牆蹺課了。
因為身邊的人跟環境都很陌生，這讓我很不安。
後來老頭在頂樓種了這棵玉蘭花樹，他說它可以長到雲端……
像故事中的豌豆，這樣我可以爬上天空，就不用去上學。
但是只澆水長很慢，快速生長的方式就是每天唸課文給它聽。
所以每天一放學我就來這唸課本。
……這你也信……

小時候笨啊。等我發現被騙的時候，已經交了不少朋友，
也習慣去上學了。
當然，偶爾蹺個課是一定要的……
呵！我好像也上過類似的當。
被老爸唬得一愣一愣的。
果然賊性難改……
那妳會把來到這裡也歸類成上他的當嗎？
……
算是吧！而且是最狠的一次。

我是在告別式結束後，才知道他已經把房子過戶給朋友。
甚至連他的遺照也火化了……
只留給我一個提包，裡頭放一張紙條和往基隆的車票。
所以無路可退的妳只好來這裡……
我哩咧──看來老頭真的很愛護妳耶。
呃！你沒說錯吧！既然他愛護我，應該把所有東西留給我才對吧。
就算留給妳，妳有把握能留住多久？

現在的妳，就像正要冒出頭的玉蘭花。
玉蘭花的香氣很濃郁，可是它卻是花類中最不會受到鳥、蟲傷害的。
妳知道為什麼嗎？
除了枝葉的遮蔽外，主要是花瓣外有一層絨毛苞衣保護著它。這層苞衣會一直保護著它，直到它完全綻放。

但是這層苞衣卻提早凋零。
花朵已經失去防護了，如果再增加那些華麗的點綴，豈不是更加危險……
所以最趕緊的，就是再找件苞衣保護這朵他用生命呵護的花。

即使他自己躺在泥濘上……
仍費盡心思的為花朵著想；就算他用了會讓對方埋怨的方式……

……
我猜，他才懶得鳥妳會不會埋怨他。他只管達到目的就行，自私得很……
想當初他為了讓我上學，都能扯出玉蘭樹可以長到天空的謊了。
噗哈！
你好像比我了解老爸……
還好啦——又不是第一天認識他。
別五十步笑百步，妳還不是被他寄過來了。

……
……當年……
當年老爸拋棄
你們母子……
你不恨他嗎？
唔喔喔喔！
這個問題已經被問
好幾百遍了！
可以換點
有深度的
問題嗎？
被老師問、
同學朋友問、
賣菜的阿菊、
殺豬的阿榮，
從街頭問到
巷尾……
呃！那算
了……
算了——
已經回答過
那麼多次，
不差這一遍。
……
該怎麼說
呢……
一個才十歲的
小屁孩，哪懂得
什麼是「恨」。

我只是覺得他不在家，就失去了些什麼……
早上沒有人放讓人厭煩的老歌。
飯桌少了一副碗筷和他的專用酒杯……
夜裡再也沒聽見過打呼聲。
就連他汗衫上的味道也漸漸淡了……

我常爬上以前
他看夕陽的地方
納悶著……
他明明是兩手
空空的離開家
的……
可是又好像帶走
許多東西。

……
老爸實在太沒擔當了……
什麼都不說就丟下你們。做為丈夫和父親，怎麼可以這樣？
不過，他離開後，家裡安靜多了，
少了他們的爭吵聲；房門也沒再被踹破了。
以前老頭三天兩頭就和換帖的喝得爛醉，回家後又一直「魯」……
再來發生的事就不用說了……
有時候，我會這麼想……
從另一個角度來看，或許他離開是好的。

怎麼可能是好的！
他常對我說家人是最重要的。
他也對我說過……
我猜……
就是因為家對他很重要，他才不想繼續破壞它。
兩個相愛的人在組成家庭之後才發現磨合過程的困難。
人很奇怪，彼此相愛卻又互相傷害。
吵架時，兩人都有各自的道理。
明明知道說了那些話會傷了對方，但，還是說了……
像是已經打結的頭髮，用力拉扯會有一方斷裂。解決的唯一方式就是剪掉。
剪掉會讓人惆悵……不過，總比繼續損壞的好。

妳發現沒？
當身處悲苦之中，試著編一個能自我安慰的說法，日子就會好過多了。
！
我應該沒看錯……剛剛有那麼一刻……

歐吉桑那一刻的眼神……
我看見老爸也流露過好多次……
看起來像悲傷……
又像是憐憫……對於無法挽回的遺憾……
師傅！刀神把東西送來了。
誰？
是誰？快出來！
是擴音器啦。
收回武器，女殺手。

真不好意思，還勞煩您跑一趟——
三八喔！
千萬別這麼說！我也想來看看誰是它的新主人！
是她。
！
咦！耶……？什麼！
是，是是……是我！
讚喔！名刀配正妹。小妹妹交給妳囉。
呃！
她是新員工？

她是我妹妹，名字叫玉蘭。
日後還請刀神多關照。
那有什麼問題！
……
呃！如此一來……

【東】【華】【春】
三把剪刀就齊了。

彷彿回到三十年前
我所看到的光景。

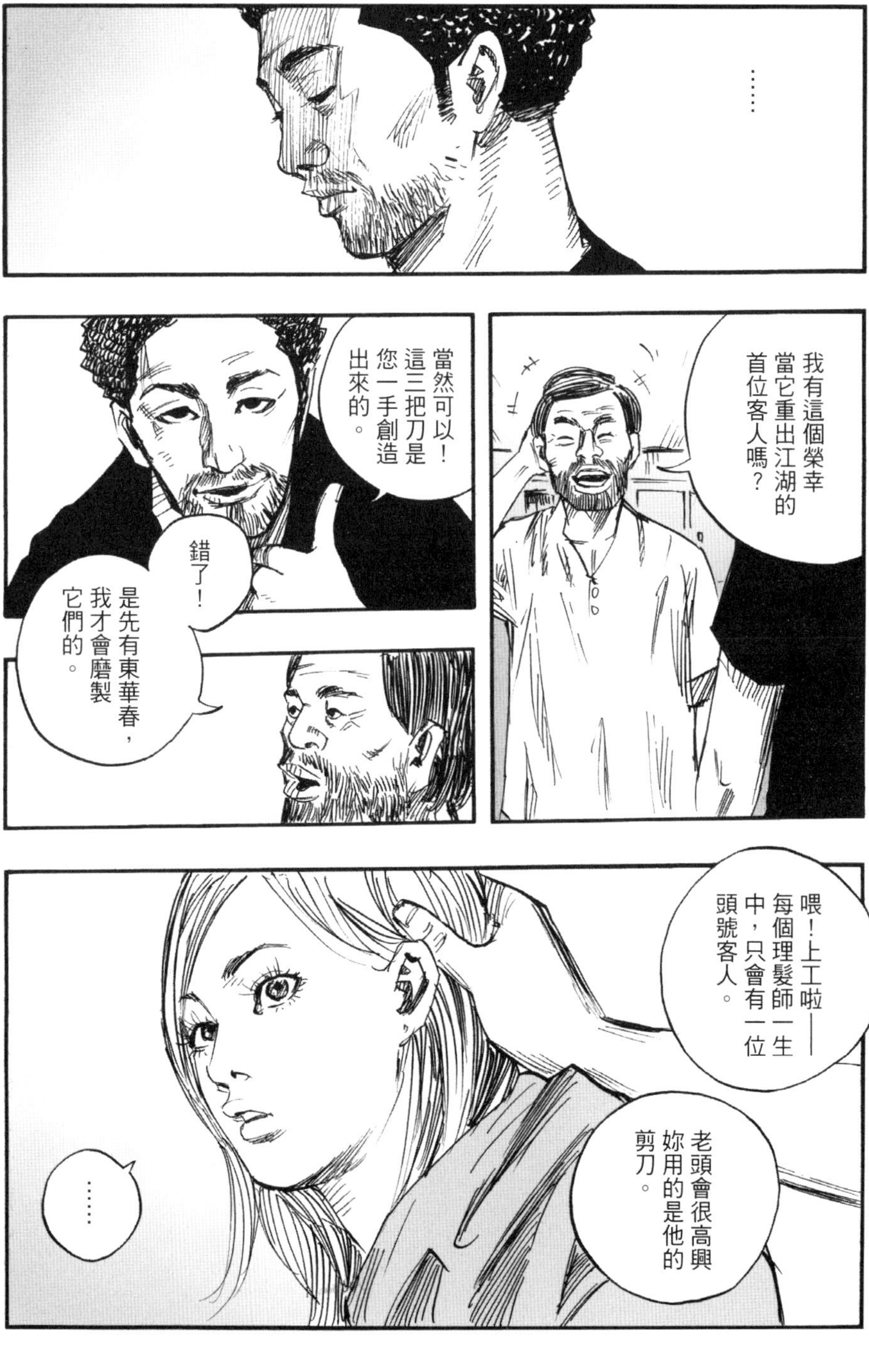
……
我有這個榮幸當它重出江湖的首位客人嗎？
當然可以！這三把刀是您一手創造出來的。
錯了！是先有東華春，我才會磨製它們的。
喂！上工啦——每個理髮師一生中，只會有一位頭號客人。
老頭會很高興妳用的是他的剪刀。
……

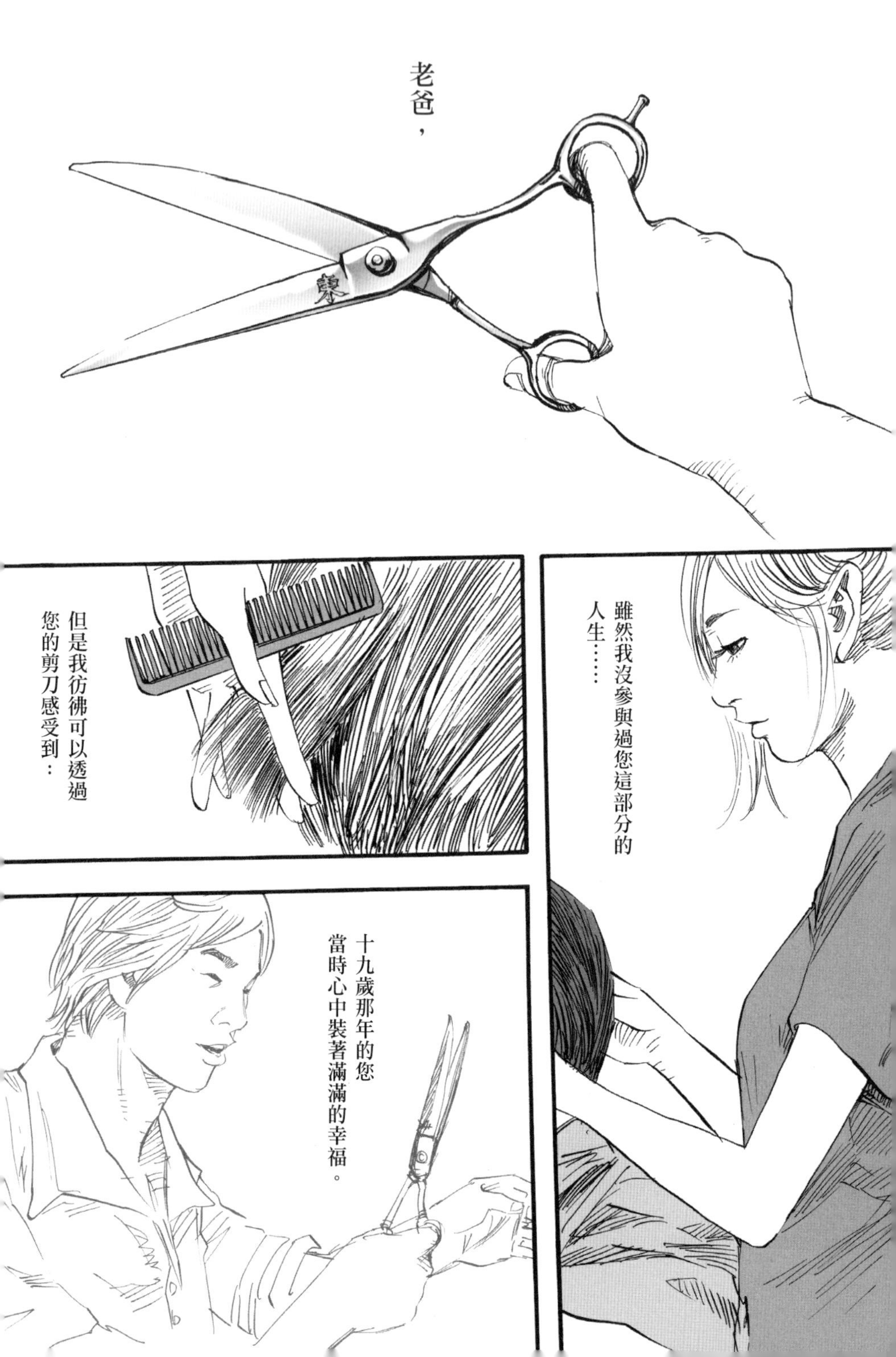
老爸，
雖然我沒參與過您這部分的人生……
但是我彷彿可以透過您的剪刀感受到：
十九歲那年的您當時心中裝著滿滿的幸福。

叮鈴——
歡迎光臨！

唔！
李啟立，
有件傷害案，希望你配合跟我到局裡協助調查。

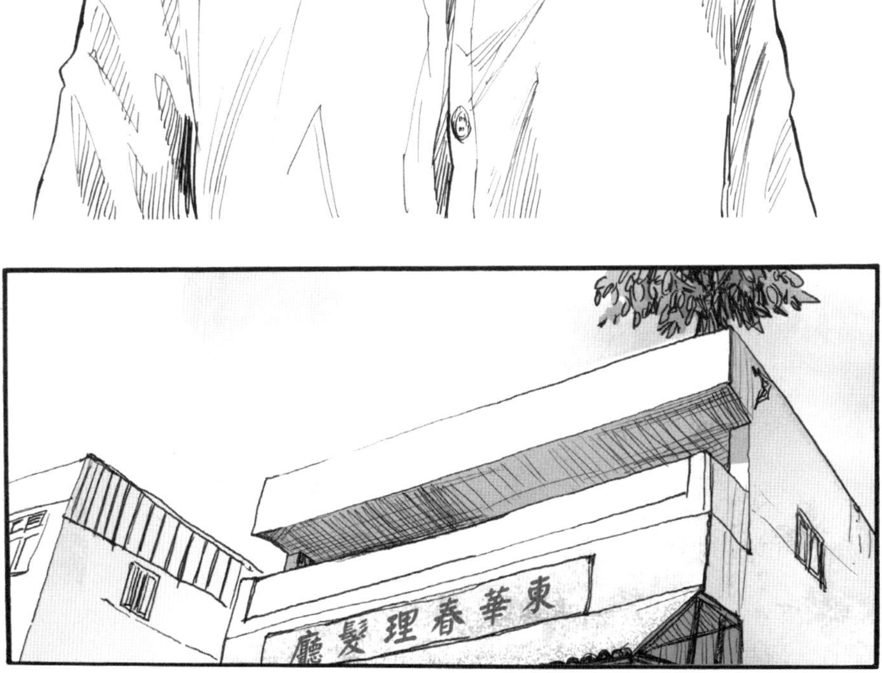
東華春理髮廳

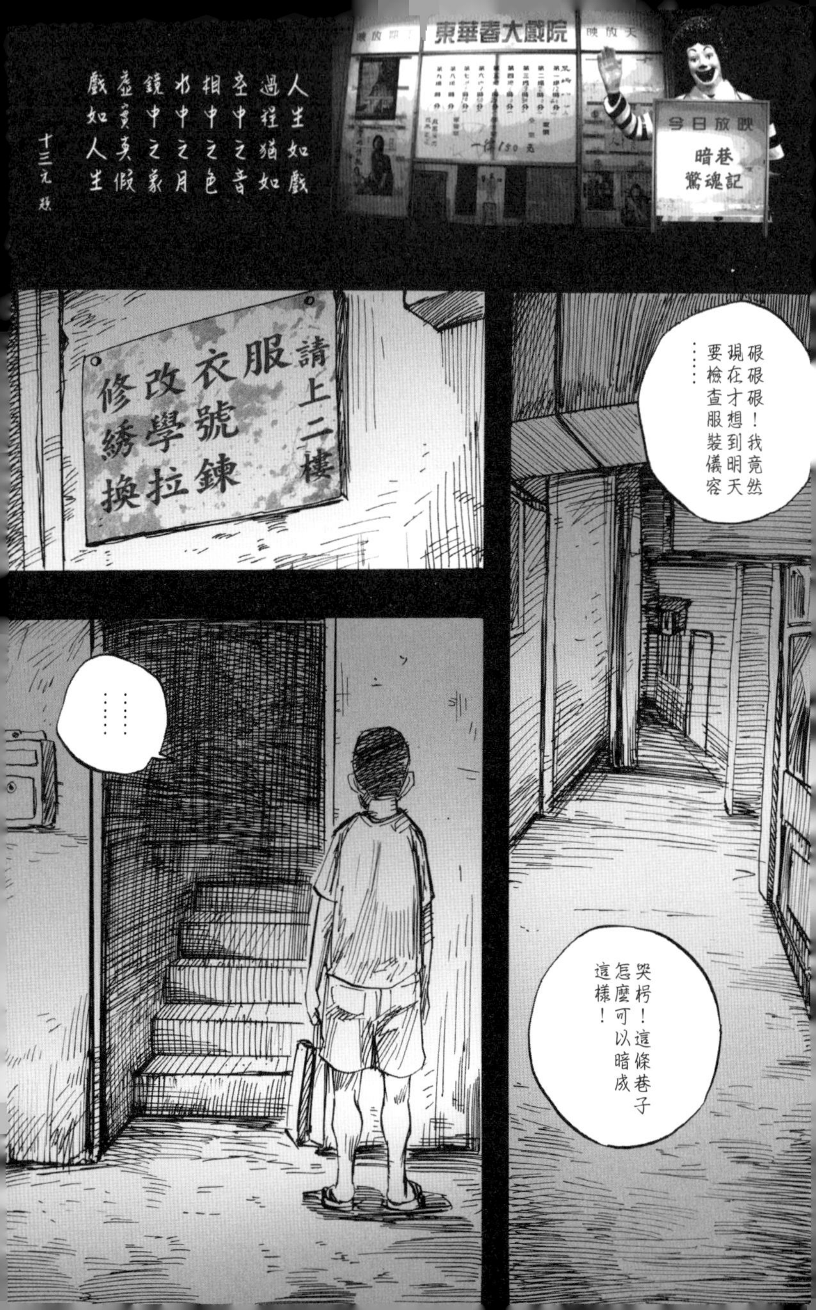
人生如戲
過程猶如
空中之音
相中之色
水中之月
鏡中之象
盡是虛假
戲如人生
十三元 題
東華春大戲院
一律130元
今日放映
暗巷驚魂記
請上二樓
修改衣服
繡學號
換拉鍊
硍硍硍！我竟然現在才想到明天要檢查服裝儀容……
……
哭枵！這條巷子怎麼可以暗成這樣！

……
算了，回去用原子筆畫。
不要走
阿娘喂！
我跟你無冤無仇……你要多少錢我燒給你啦──
皮皮挫！
皮皮挫！
你不是要繡衣服嗎？這是我家，我帶你上去。
唔……

哇塞！都繡好囉。阿姨真強耶！您是我的救星！
我要去幫我媽拿東西，我送你下樓。
你都唸國中了，怎麼還這麼膽小。
咕！難道你不怕鬼嗎！而且現在又是鬼月……
就算把牠丟到別的地方，牠還是會回來繼續咬壞家裡的東西。
我媽說老鼠比鬼可怕。神一來鬼就嚇跑了，可是老鼠你卻怎麼都趕不走。
根絕的唯一方法就是殺死牠。
速……速這樣子喔……
喏！你那麼怕鬼，手電筒借你。明天記得拿來還給我。
呃，謝謝！
我叫陳小華。下次來理髮給你打7折。你咧？叫什麼名字？

我叫李啟立，叫我阿立就可以。
那麼明天見。固得掰！
再見。
喀！
啊！
喝！看我的光劍！

歹勢！歹勢！我是不小心的！
呼！
吁！
呼！
吁吁！
呼
呼！呼！
隔天，阿立家樓下擠滿了一堆人，其中有幾個是警察……
當我再見到阿立，已經是22年後的事了。

昨天下午發生一起傷害案，想請你到局裡協助調查。
……

師傅……
喔！快去唄。回來幫我買包七星。
慢著！
警官走吧。
警官沒有證據，可以這樣隨便懷疑人嗎？
那麼昨天下午我們都不在，是不是該把我們都帶回警局？
哇剎！
噗！
家妹冒犯之處請見諒——
阿立就麻煩唐警官了。

歐吉桑！為什麼讓他帶走啟立哥啊？
難道你不知道唐警官看他不順眼嗎？
我親耳聽見他說會一直盯著啟立哥！
嘖！
再說，
阿立有前科，警方不找他，難道找我嗎。妳說對不對？
有些事情並不像妳表面所看見的那樣。
？
這麼無情的話你竟說得出口，你這臭歐吉桑！
你才臭咧！暈倒在垃圾堆的過敏兒。
是你用蝦子謀殺我的！
屁啦！

其實您不用跑這一趟，我自己去就好了。
那是我職責所在。
我這麼做只是想快點破案。
阿立！
唐警官你好——
趙叔您好！
唔！趙伯伯，趙伯母。
趙伯可以下床復健囉！看起來氣色很好耶——

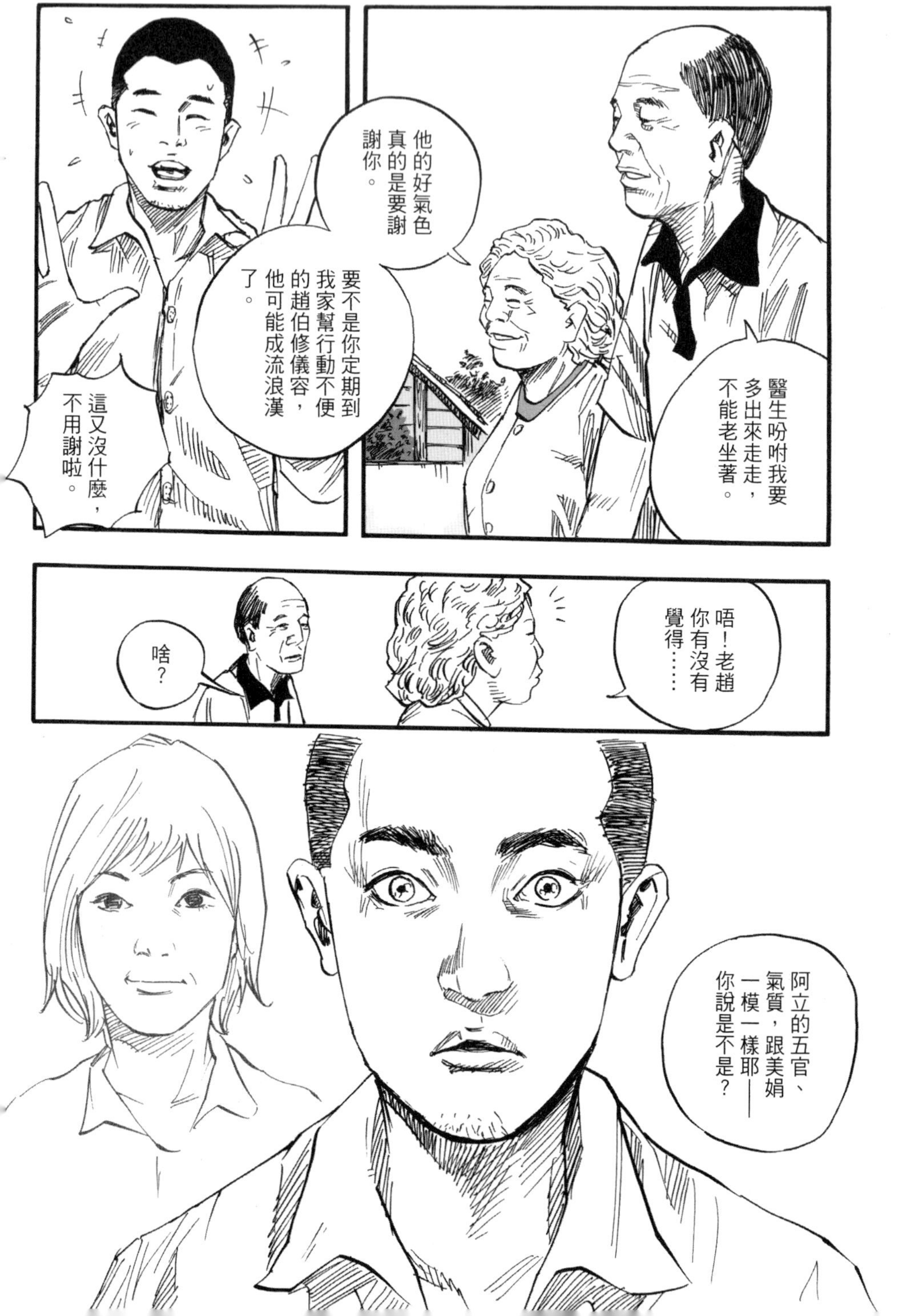
醫生吩咐我要多出來走走，不能老坐著。
他的好氣色真的是要謝謝你。
要不是你定期到我家幫行動不便的趙伯修儀容，他可能成流浪漢了。
這又沒什麼，不用謝啦。
唔！老趙你有沒有覺得……
啥？
阿立的五官、氣質，跟美娟一模一樣耶——你說是不是？

……
趙叔，我和阿立還有事情，先告辭了。
好！
阿立有空來家裡坐坐喔。
嗯！
趙伯多保重，我先走囉。
老太婆都是妳啦。
什麼啦？
妳真是的，哪壺不開提哪壺。
沒事幹麼提起美娟。
因為很像啊，所以就脫口而出了……

那個唐警官的顏面神經是不是有什麼毛病啊？
……
……那個……
整天老板著臉。我想他應該沒有朋友，因為沒人肯跟他做朋友。你對他了解嗎？

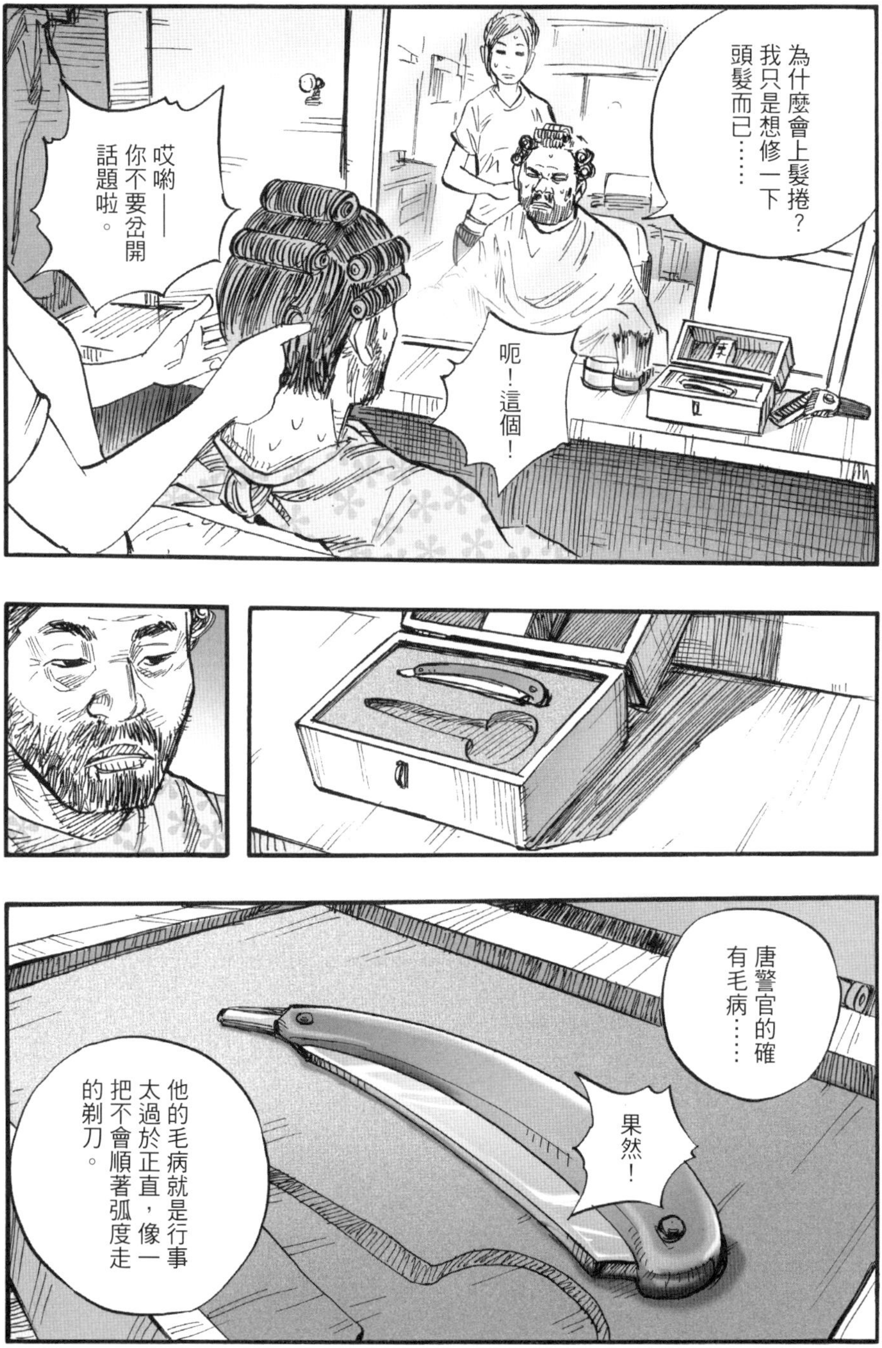
為什麼會上髮捲？我只是想修一下頭髮而已……
哎喲——你不要岔開話題啦。
呃！這個！
唐警官的確有毛病……
果然！
他的毛病就是行事太過於正直，像一把不會順著弧度走的剃刀。

正因為他一直走在一般人
無法堅持走下去的正道上，
演變成，他是異類；
走在拐彎的人對他多少都有點敵意。

最後，連他的妻小
都無法繼續跟他走下去。

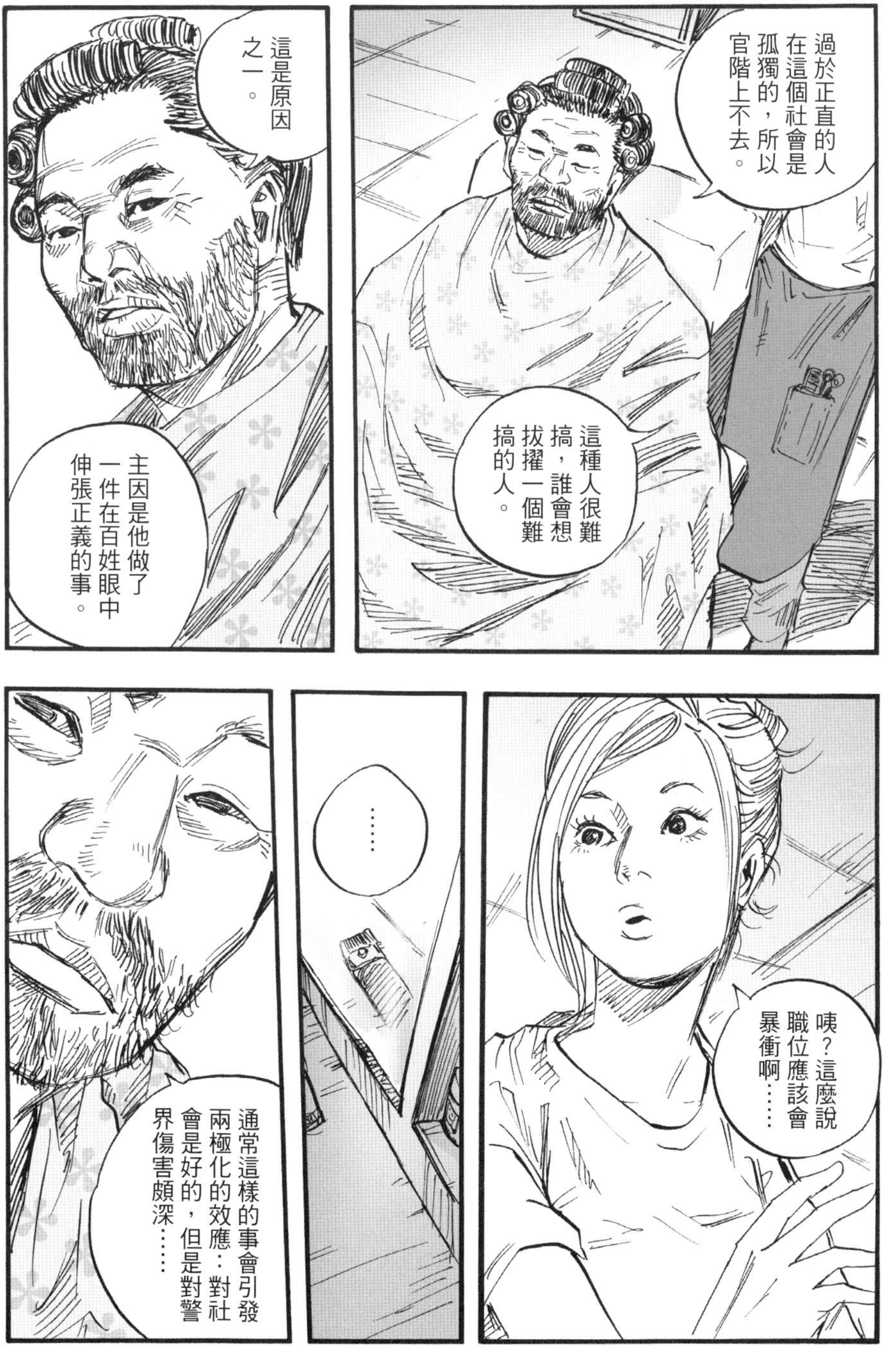
過於正直的人在這個社會是孤獨的，所以官階上不去。
這種人很難搞，誰會想拔擢一個難搞的人。
這是原因之一。
主因是他做了一件在百姓眼中伸張正義的事。
咦？這麼說職位應該會暴衝啊……
……
通常這樣的事會引發兩極化的效應：對社會是好的，但是對警界傷害頗深……

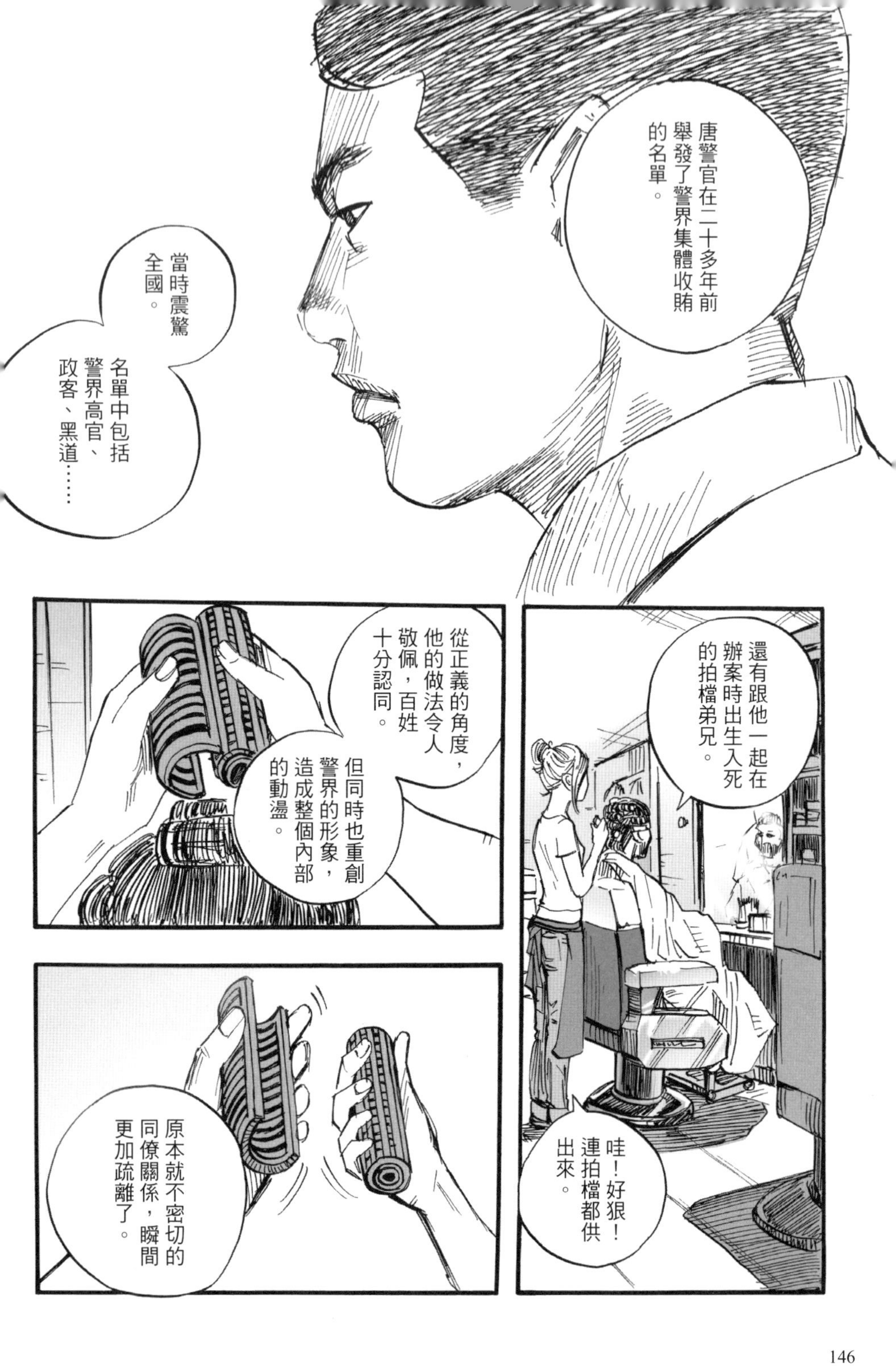
唐警官在二十多年前舉發了警界集體收賄的名單。
當時震驚全國。
名單中包括警界高官、政客、黑道……
還有跟他一起在辦案時出生入死的拍檔弟兄。
從正義的角度，他的做法令人敬佩，百姓十分認同。
但同時也重創警界的形象，造成整個內部的動盪。
哇！好狠！連拍檔都供出來。
原本就不密切的同僚關係，瞬間更加疏離了。

這就是當抓耙子的代價啊！
誰敢跟他親近……
會變成這局面，唐警官心裡早就有數了吧。
小華說的沒錯。
耶！得一分！
吵死了！安靜的泡你的腳啦！
名單上的人、家屬對他的謾罵與攻擊，
其他同儕的疏遠這些都在他的意料之中。他也全部概括承受。
但是，效應延伸的另一層傷害，是他始料未及的……

呃！……
這巷口的路燈什麼時候裝的？
已經十幾年了。你經過的時候沒注意到嗎？
……

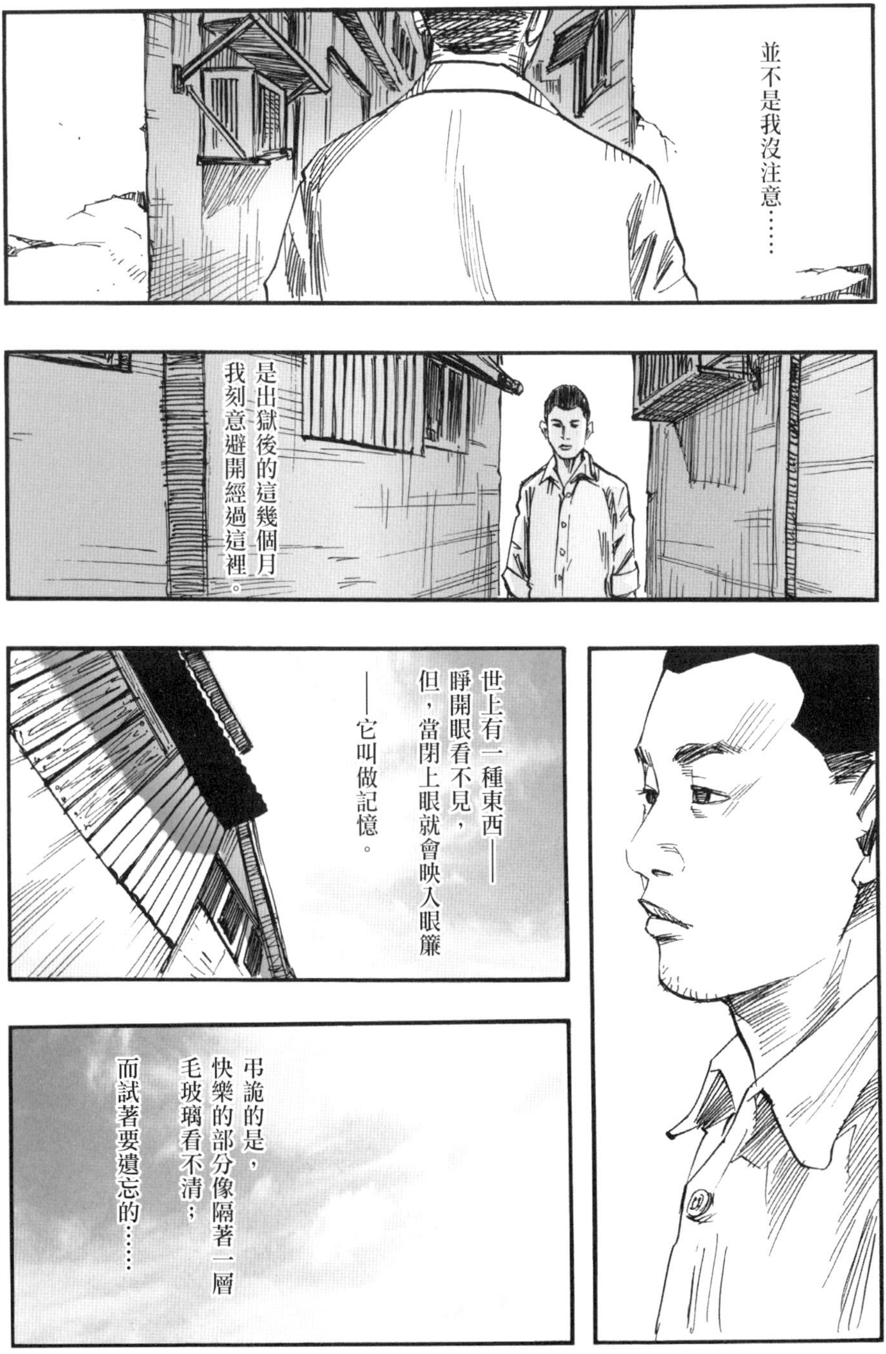
並不是我沒注意……
是出獄後的這幾個月
我刻意避開經過這裡。
世上有一種東西──
睜開眼看不見，
但，當閉上眼就會映入眼簾
──它叫做記憶。
弔詭的是，
快樂的部分像隔著一層
毛玻璃看不清；
而試著要遺忘的……

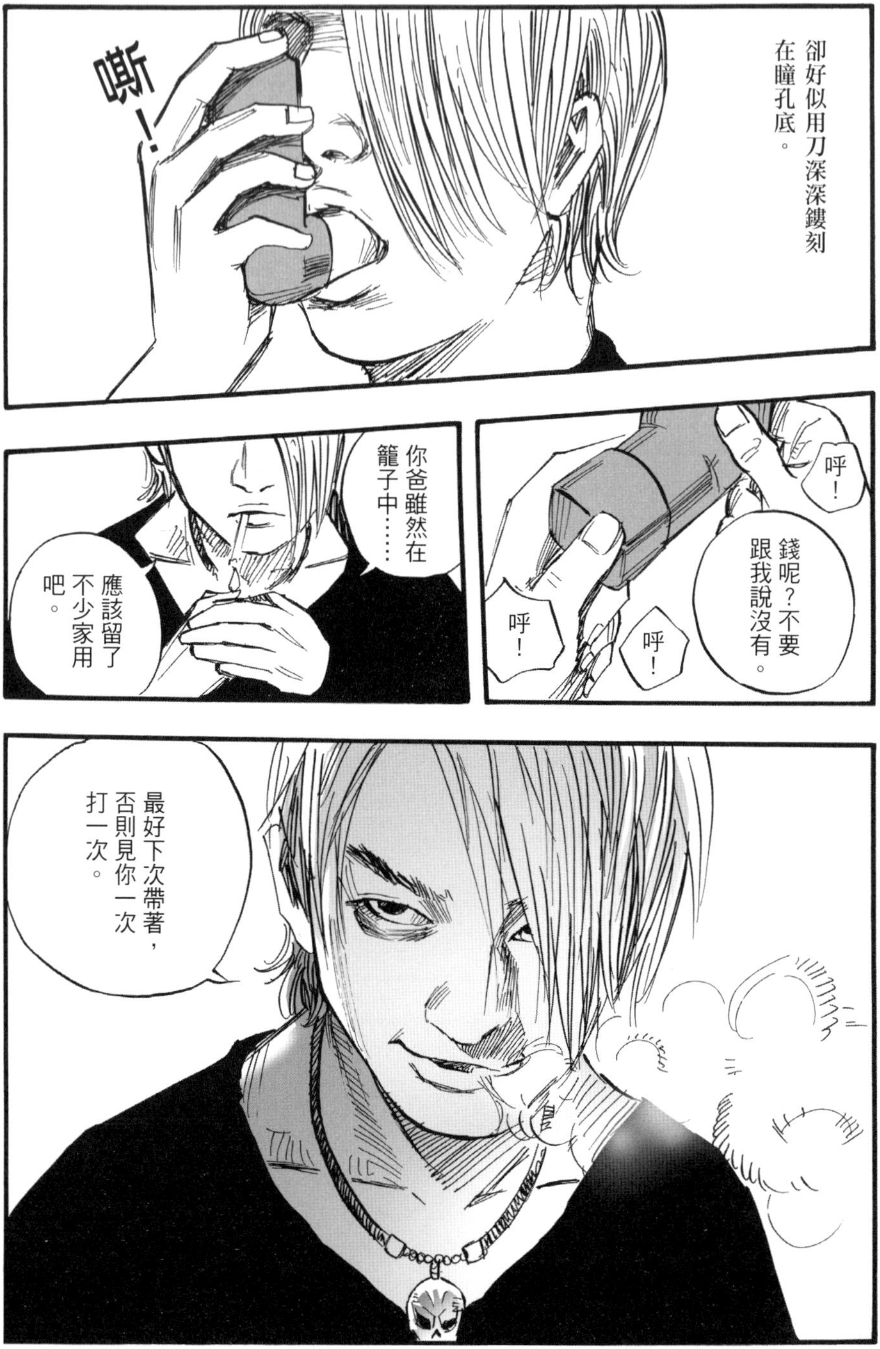
卻好似用刀深深鏤刻在瞳孔底。
嘶！
呼！
錢呢？不要跟我說沒有。
呼！
呼！
你爸雖然在籠子中……
應該留了不少家用吧。
最好下次帶著，否則見你一次打一次。

我知道你住哪。
應該用不著我登門拜訪吧。
印象中是七歲開始，
起初是鄰居的指指點點……

接著，每天和我上下課的
同學不再和我一起走了。
在他們爸媽口中，
我是貪汙警察的兒子。
起初，我無助的像一個人走在暗巷裡。
媽媽説暗處的確
讓人害怕不安。
但，正因為身在暗處，
才能看清楚光亮的方向。
請上二樓
服衣改修
鍊號學繡
拉換
媽，
我回來了。

肚子餓了吧？等我車完這件就去做飯。
你先去洗澡。對了！
補習費我放在梳妝台上，記得拿去繳。
……
我不想去。補習每天都好晚回家。

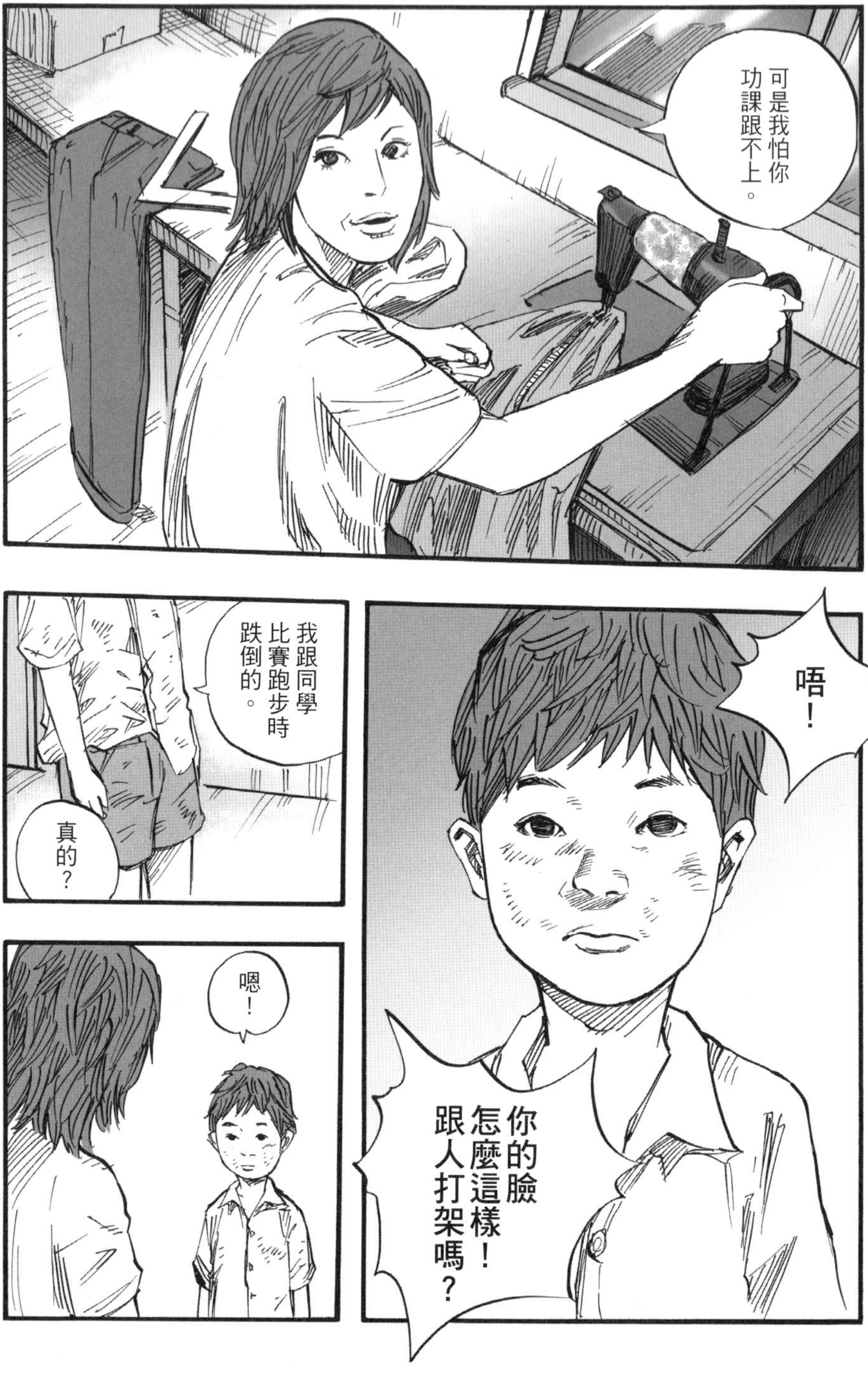
可是我怕你功課跟不上。
唔！
你的臉怎麼這樣！跟人打架嗎？
我跟同學比賽跑步時跌倒的。
真的？
嗯！

這幾年因為你爸的關係，讓你受委屈了。下午我接到他的電話，他說明天就可以回家了。
呃！
他說等他回家後，
我們就搬離這裡，重新開始。
他在裡面這幾年想了很多，也把菸酒給戒了。
我相信，他說這些話表示希望你也能接受他、相信他。
……
叮咚！
來了！請稍等。

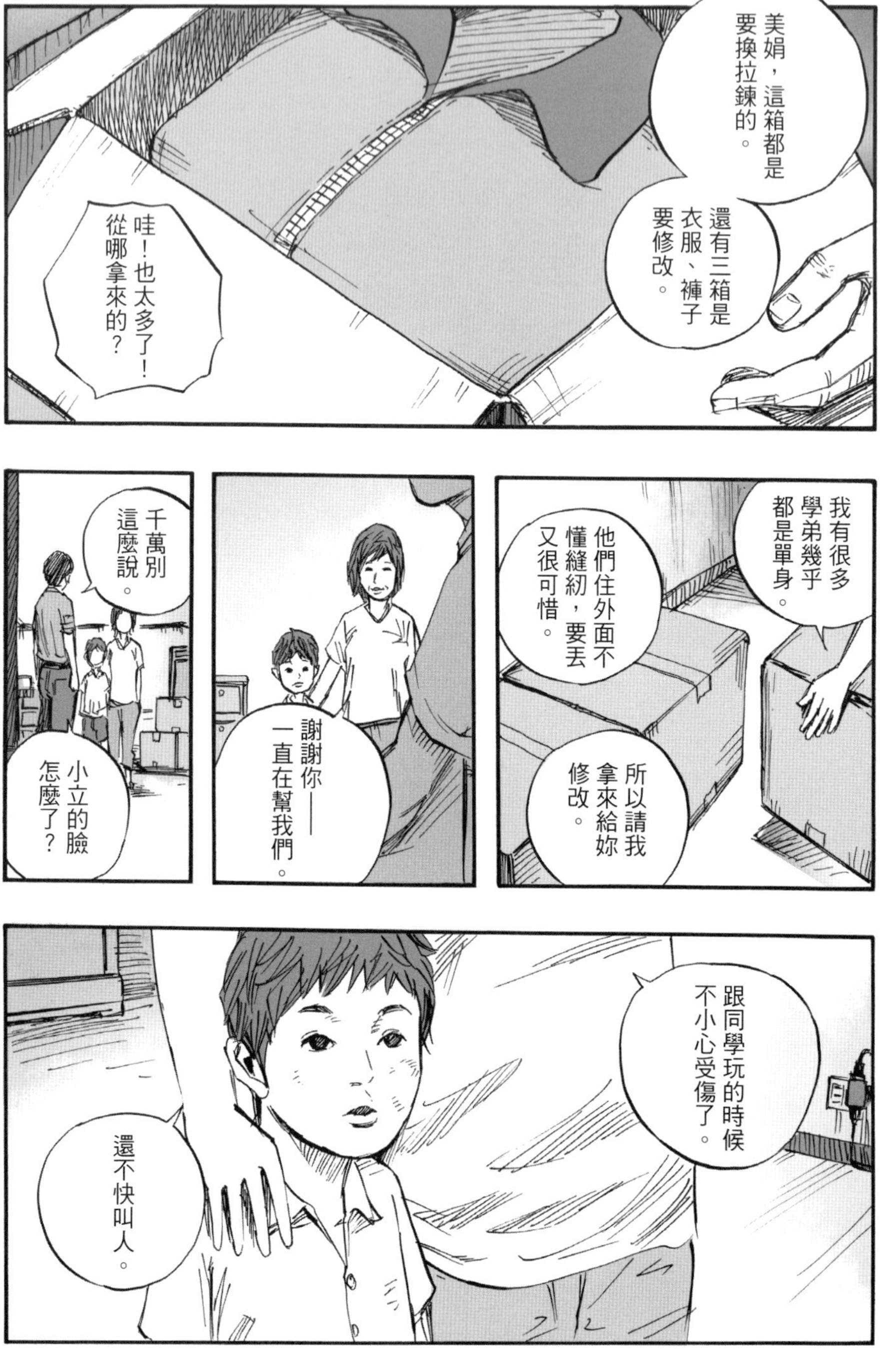
美娟，這箱都是要換拉鍊的。
還有三箱是衣服、褲子要修改。
哇！也太多了！從哪拿來的？
我有很多學弟幾乎都是單身。
他們住外面不懂縫紉，要丟又很可惜。
所以請我拿來給妳修改。
謝謝你——一直在幫我們。
千萬別這麼說。
小立的臉怎麼了？
跟同學玩的時候不小心受傷了。
還不快叫人。

唐伯父好。
你好。
我一向能分辨該厭惡誰、該感謝誰，但是我卻不知如何面對他。
因為他，我們被貼上收賄的標籤。
因為他，多少幫了家裡的經濟。
不管他幫助我們家是否出自於愧疚……

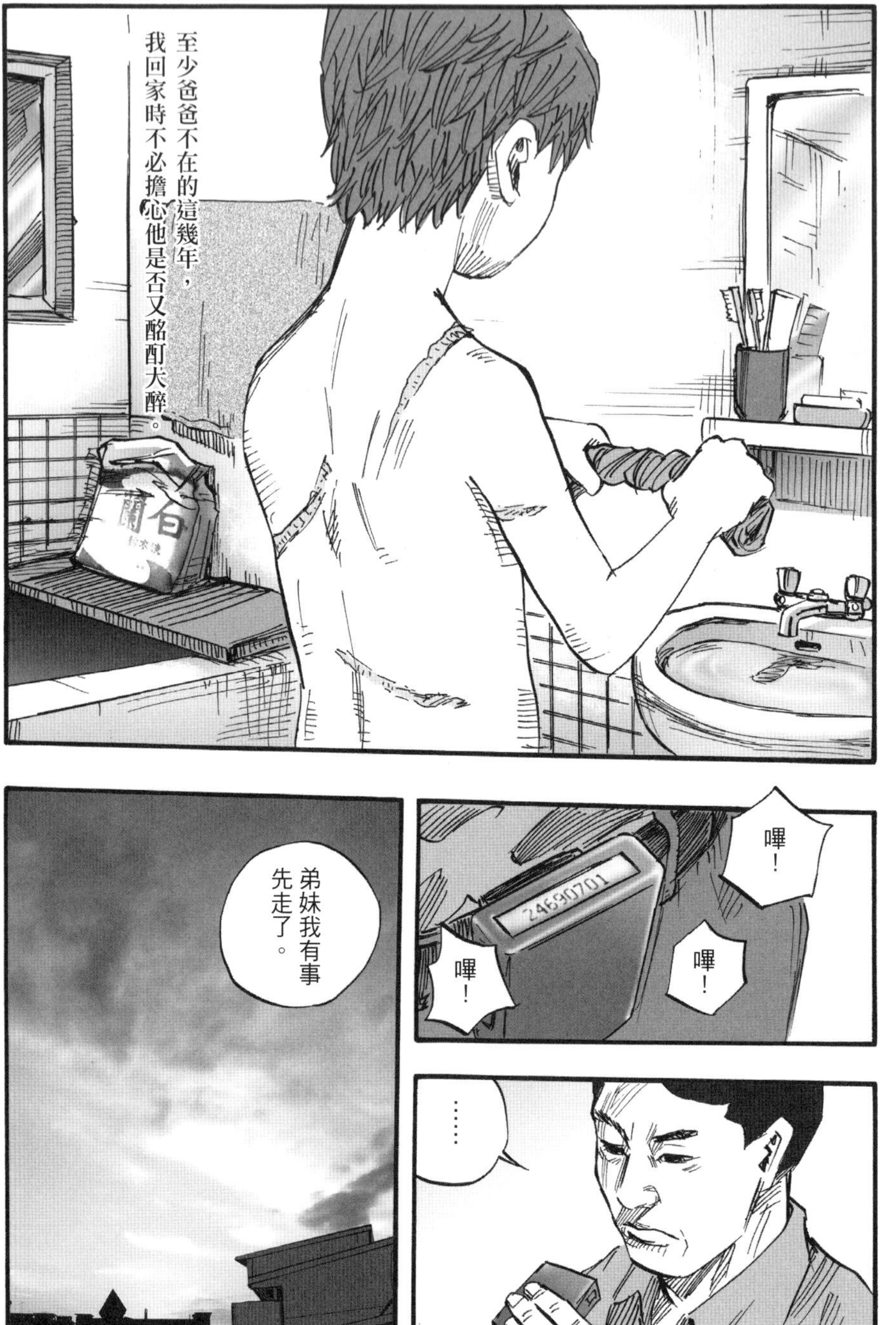
至少爸爸不在的這幾年，
我回家時不必擔心他是否又酩酊大醉。
嗶！
24690701
嗶！
嗶！
……
弟妹我有事先走了。

公用電話
明遠又曠課惹事……
……
好，我會找他談的。
謝謝老師，辛苦您了。
喀！
收賄警官偕家屬於自宅燒炭亡
疑出獄後謀職四處碰壁，引發自殺動機
人倫悲劇！一家五口全沒

收賄警官偕家屬在自宅燒炭亡
疑出獄後謀職四處碰壁，引發自殺動機
中華民國八十一年十二月七日 星期五

好了，你檢查一下學號對不對。
哇嗚！阿姨妳手腳很快捏！

哇塞！都繡好囉。阿姨真強耶！這樣我明天就不用再半蹲了。
妳是我的救命恩人！
呵呵！你太誇張了——
哦哦哦，是豬腳麵線。
好香喔！
我老公等一下要回來，所以先端出來了。
我要出去幫我媽拿東西，要不要順便送你出去？
喔喔！好啊！
阿姨謝謝妳！掰——

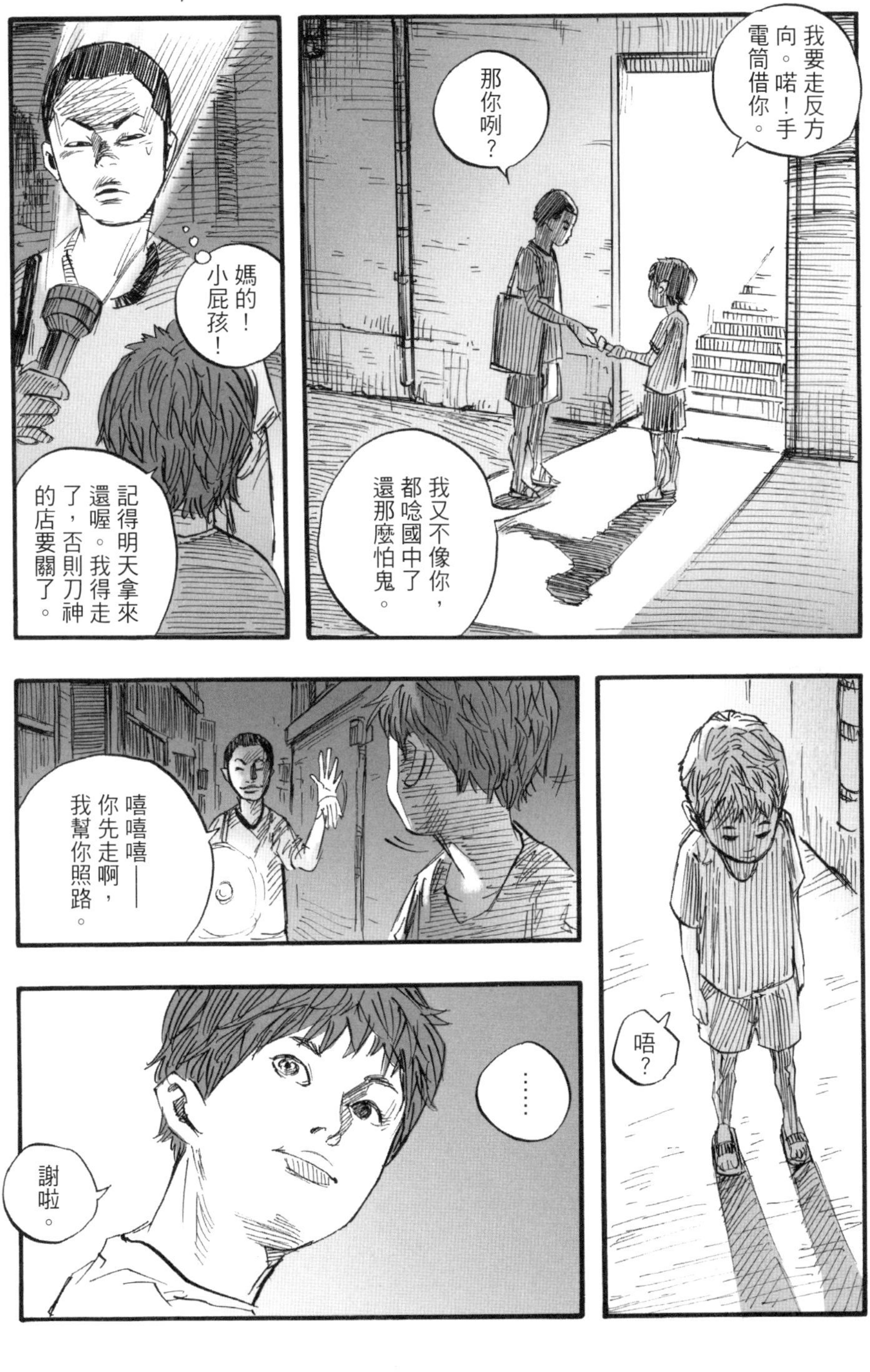
我要走反方向。喏！手電筒借你。
那你咧？
我又不像你，都唸國中了還那麼怕鬼。
媽的！小屁孩！
記得明天拿來還喔。我得走了，否則刀神的店要關了。
唔？
嘻嘻嘻——你先走啊，我幫你照路。
……
謝啦。

我把拿手電筒的人分成兩類：
一類人是只顧走在你前方，像是在幫你開路；
可是卻是把你置於後方的黑暗，你充其量是個讓他安心的墊背。
另一類
是走在後頭幫你照亮
前方的人……

她是我的媽媽。
嗯哼哼~~~哼嗯~~~
喀!
小立,回來啦。
呃!

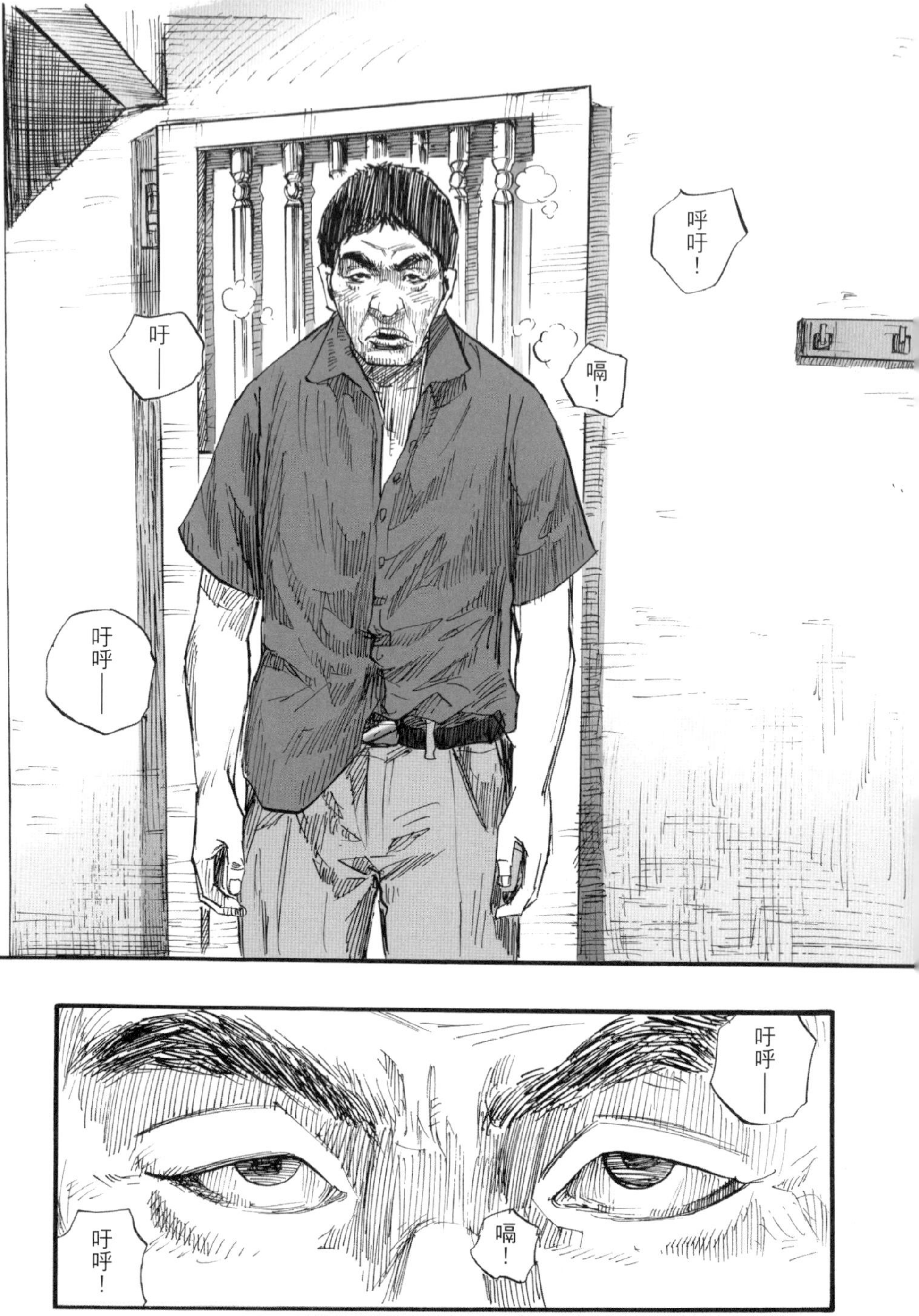
呼吁！
嗝！
吁——
吁呼——
吁呼——
嗝！
吁呼！

你怎麼喝得醉醺醺的！
不是下午就出來了嗎？你上哪去了！
吁！
吁！
賤人……
賤人……原本因為顧小孩，要工作……
這幾年妳不來探監我都可以體諒……
……沒想到妳是背著我亂搞。
阿德把妳的骯髒事都告訴我了……
妳搞別人就算了……結果居然搞上那個把我送進牢裡的搭檔唐治國。

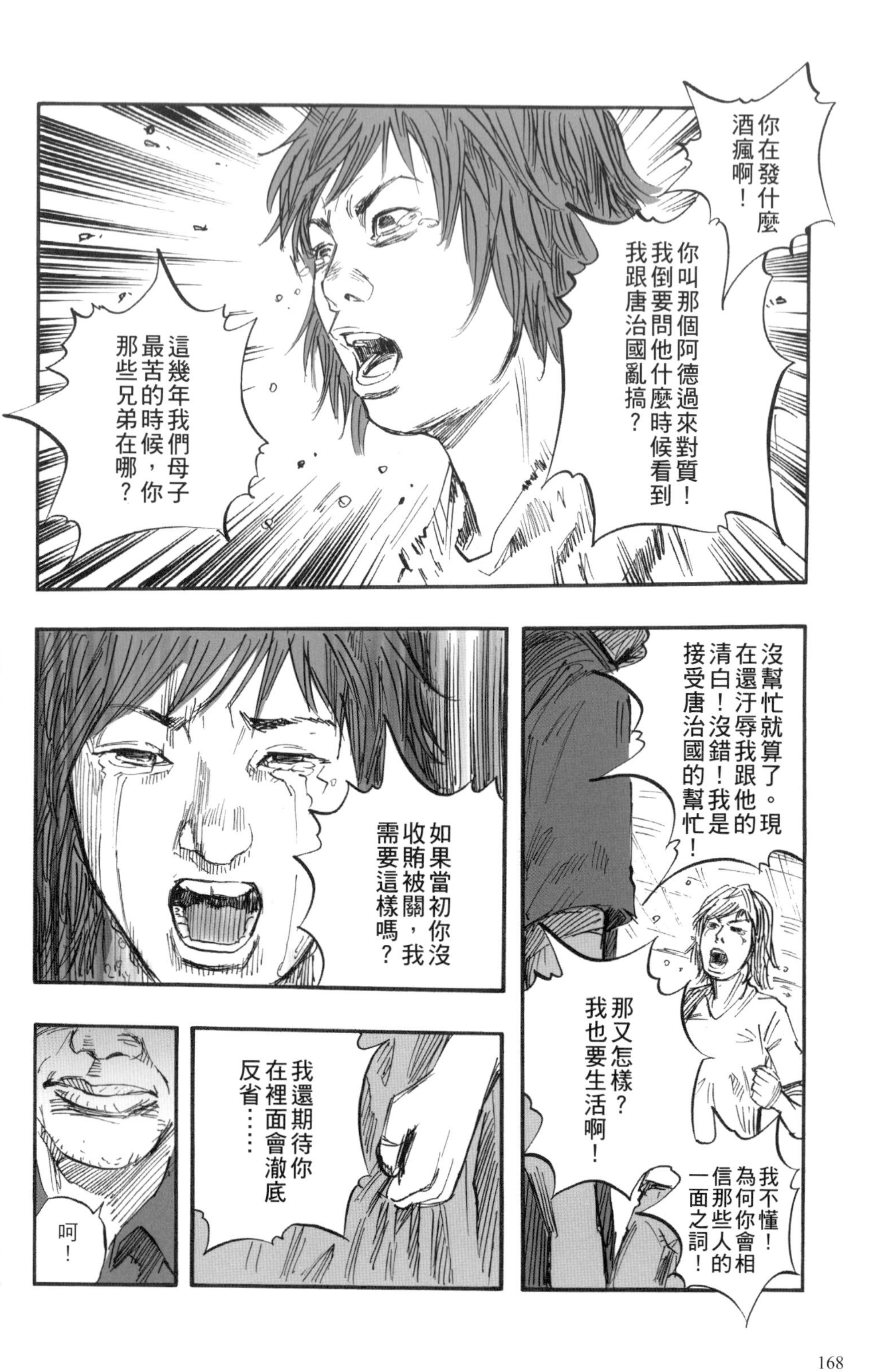
你在發什麼酒瘋啊！
你叫那個阿德過來對質！我倒要問他什麼時候看到我跟唐治國亂搞？
這幾年我們母子最苦的時候，你那些兄弟在哪？
沒幫忙就算了。現在還汙辱我跟他的清白！沒錯！我是接受唐治國的幫忙！
那又怎樣？我也要生活啊！
我不懂！為何你會相信那些人的一面之詞！
如果當初你沒收賄被關，我需要這樣嗎？
我還期待你在裡面會澈底反省……
呵！

到頭來妳還是把所有的錯都推到我身上……
妳不站我這邊，卻幫唐治國辯駁那麼多……
我收那些錢，還不是為了讓你們過好一點……
而且每個人都在拿，我能不收嗎？我不想像唐治國一樣被所有人排擠……
妳叫我怎麼相信你們沒關係？
……算了……
我懶得說了……

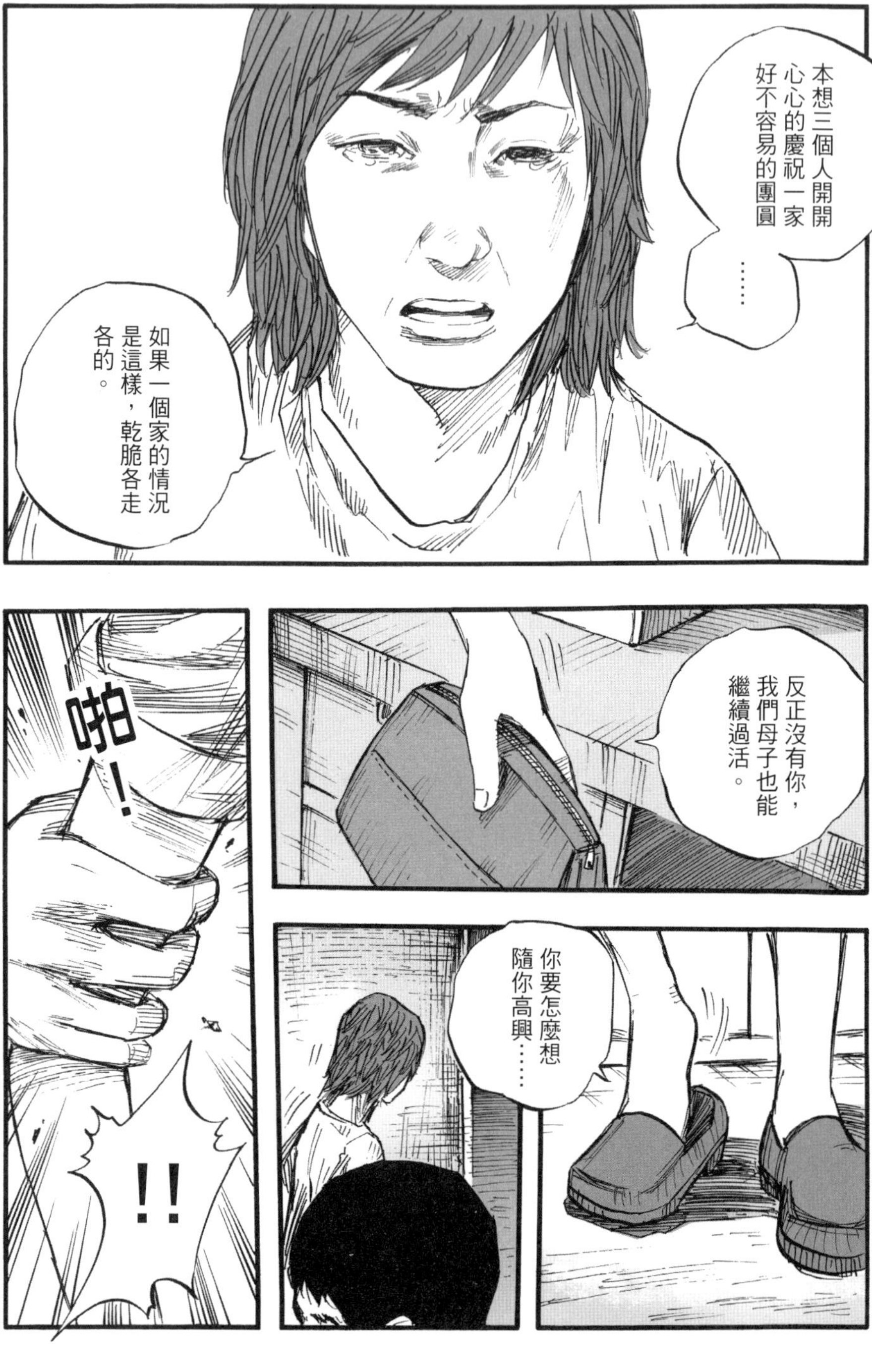
本想三個人開開心心的慶祝一家好不容易的團圓……
如果一個家的情況是這樣，乾脆各走各的。
反正沒有你，我們母子也能繼續過活。
你要怎麼想隨你高興……
啪！
!!

……
妳真的這樣認為嗎……
這個家沒有未來可言了……
既然要結束，不如讓它結束在我手裡。

嗚嗚……
你這是在做什麼！放開我！
等小立回來，我們好好吃頓飯。
吃完我們再一起上路，妳說好不好……

……
嗚……

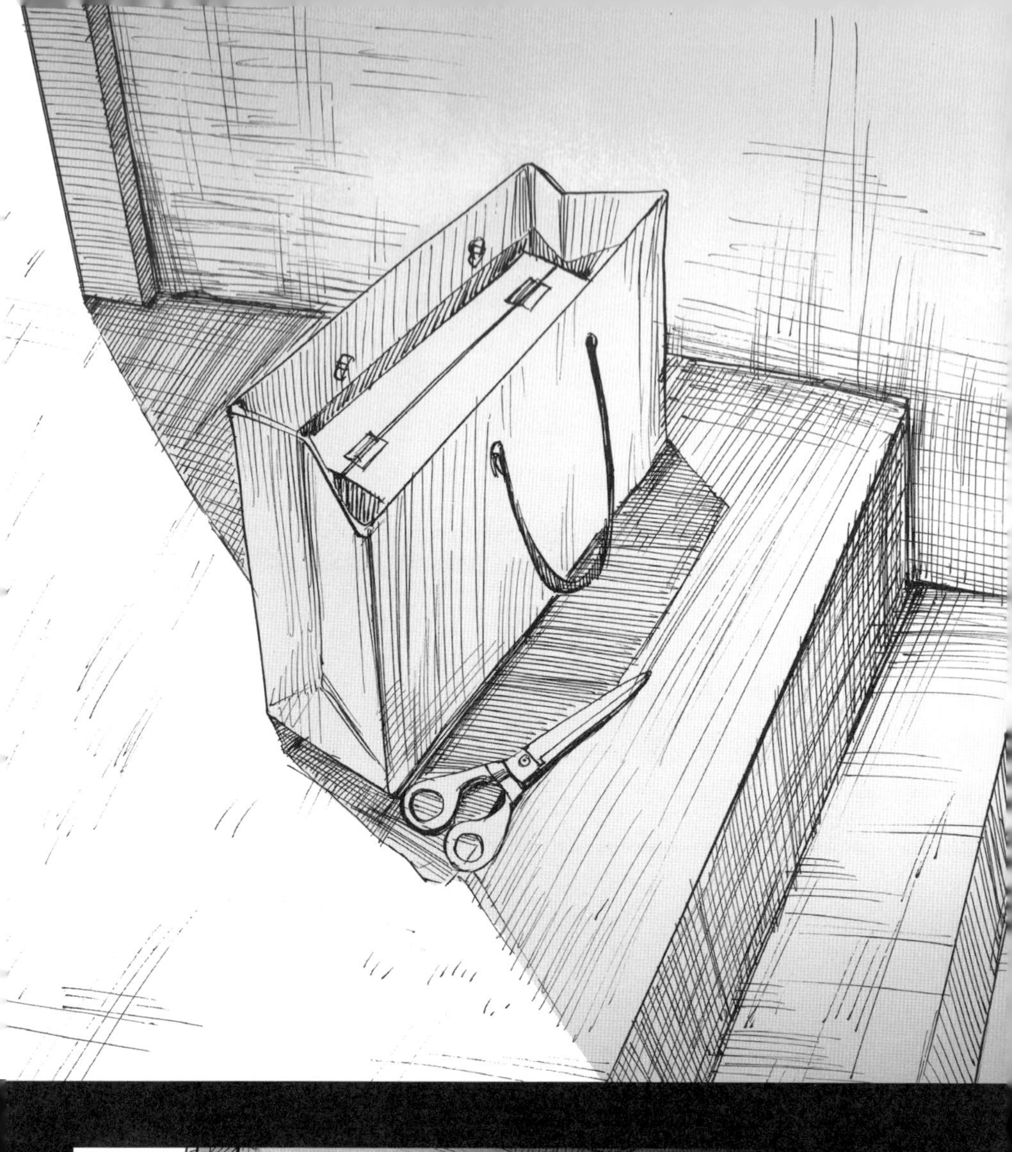

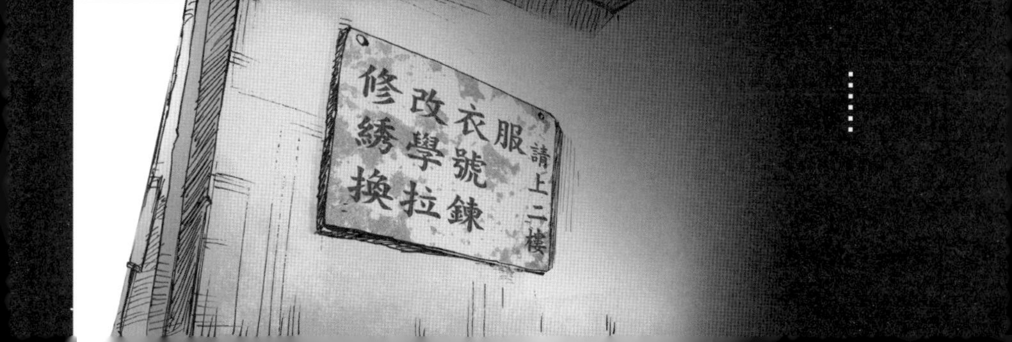
修改衣服
繡學號
換拉鍊
請上二樓
……

嗚嗚嗚！
嗚嗚——呼！呼！
呼呼呼！
嗚嗚——
咳！咳！呼！
嗚嗚嗚！
呼呼！呼！
咳咳！呼！

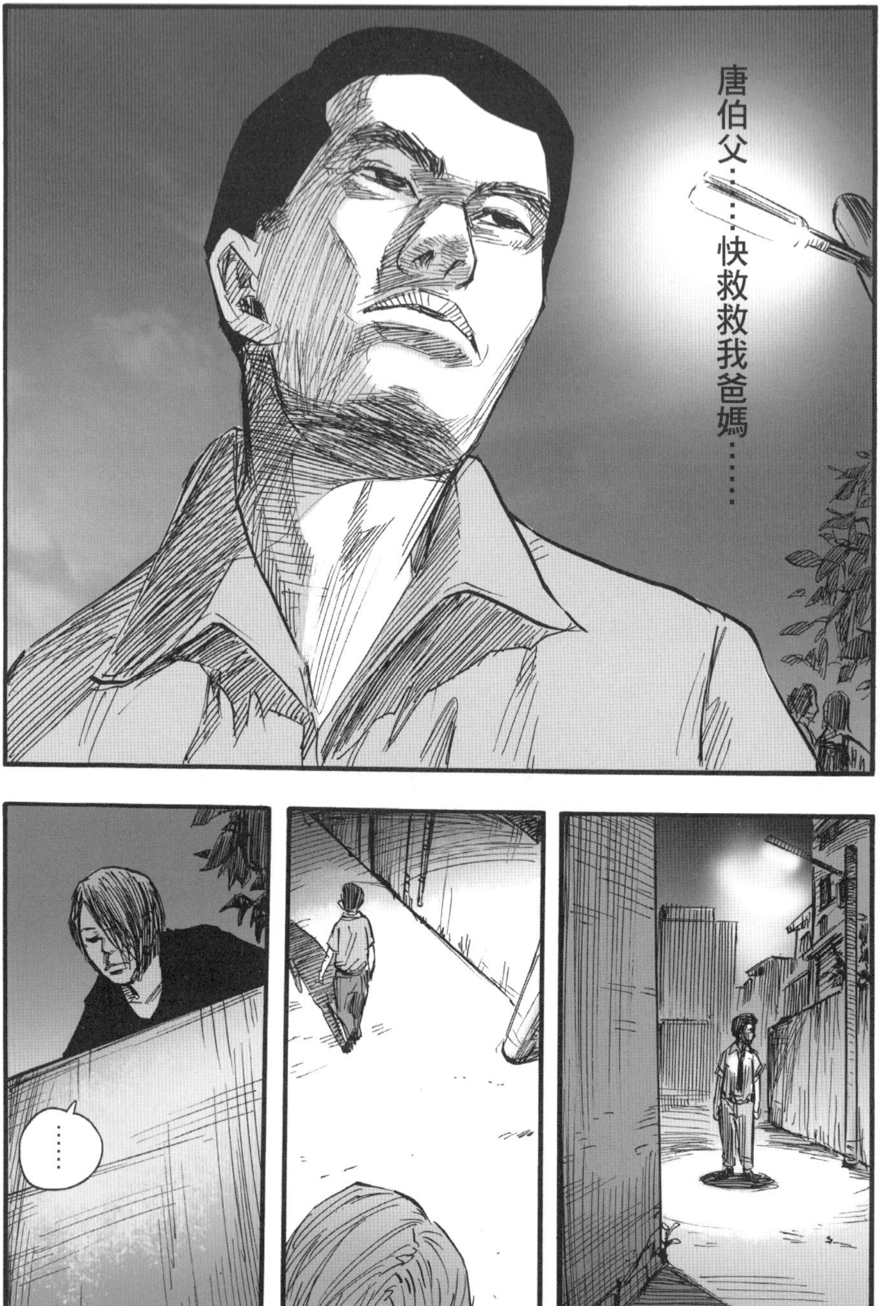
唐伯父……快救救我爸媽……
……

嘶——
呼！這麼近都沒發現……
看來他真的老了……
……
呼！呼！
咳！
呼！呼！

喔！抱歉！這條路不通喔……
……

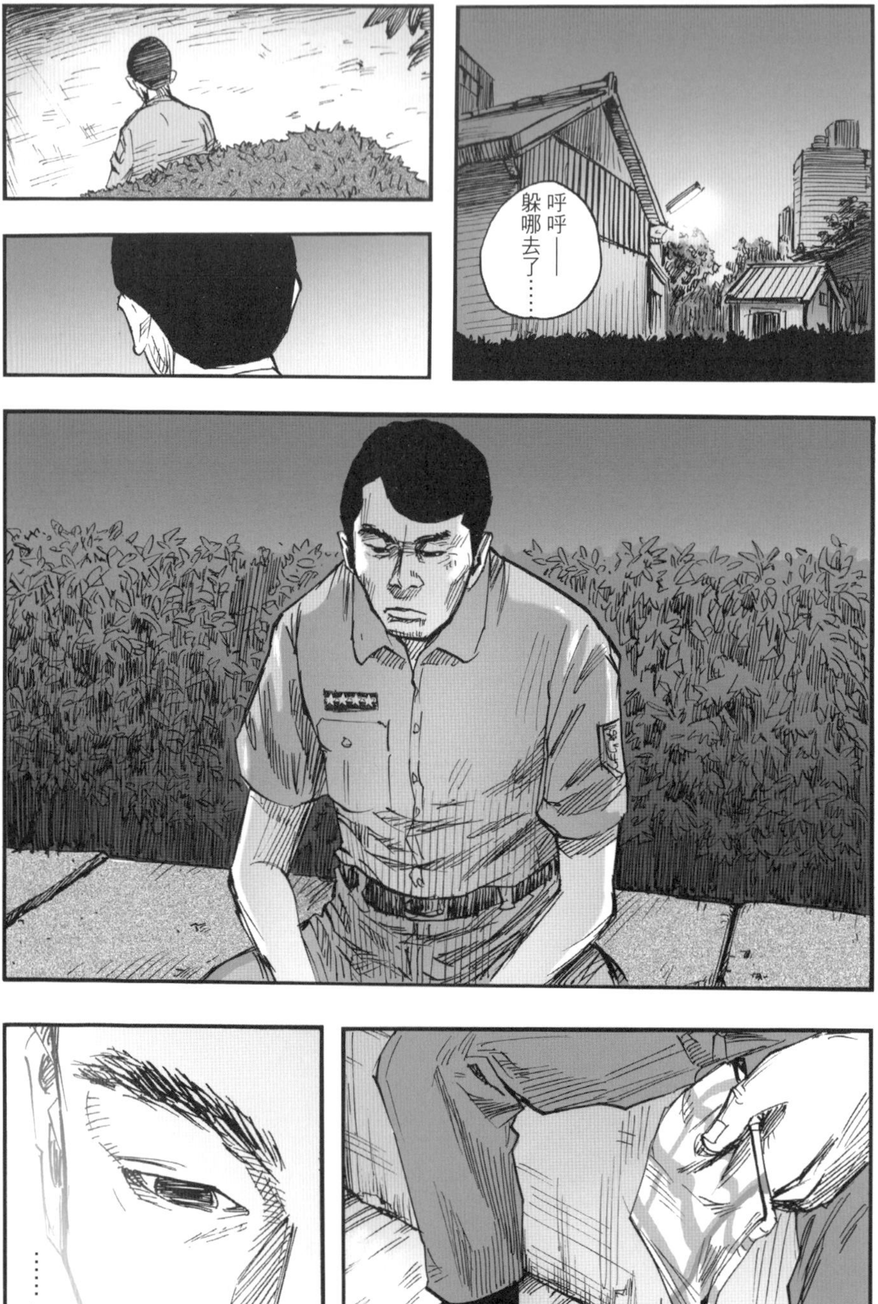
呼呼——
躲哪去了……
……

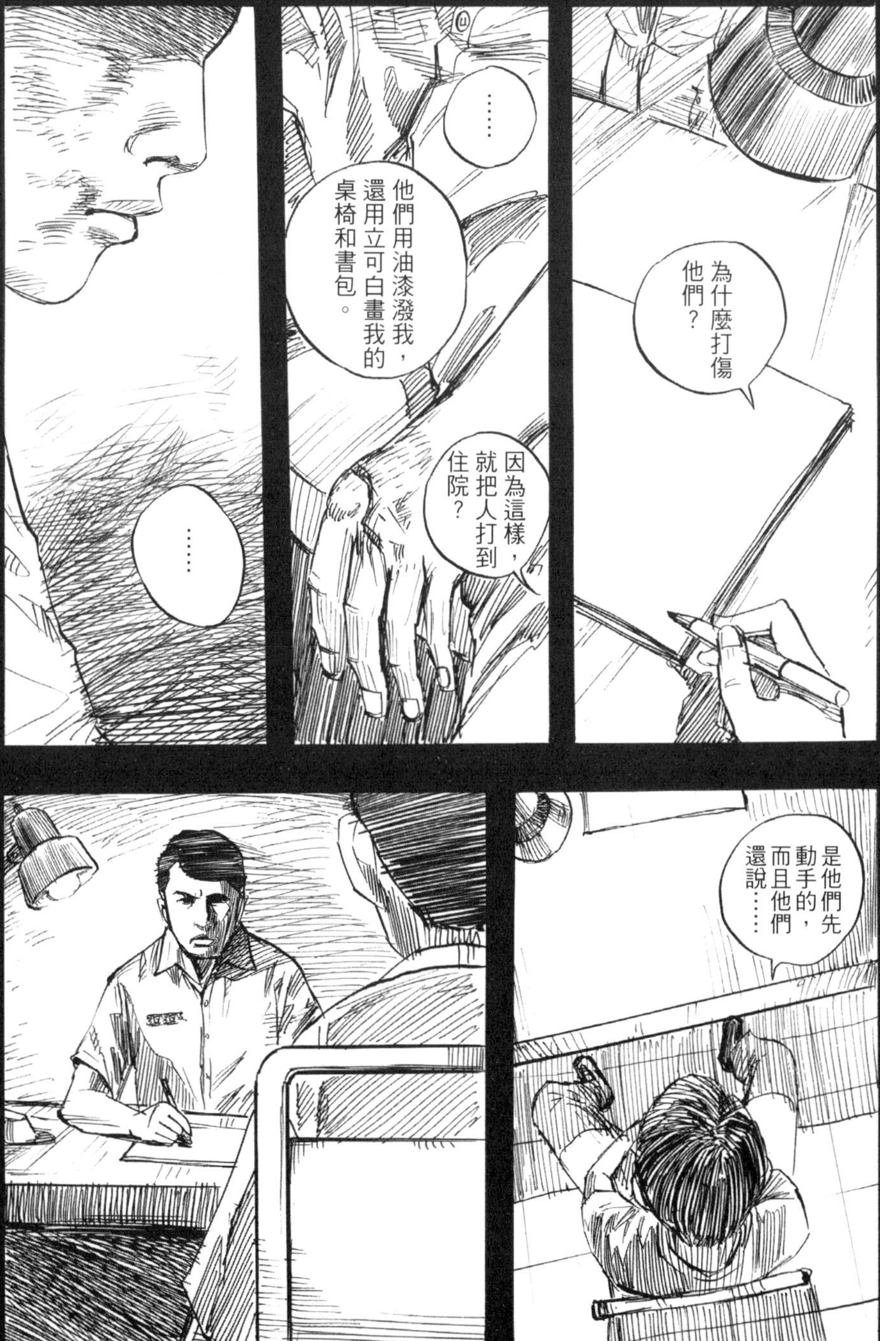
為什麼打傷他們？
……
他們用油漆潑我，還用立可白畫我的桌椅和書包。
因為這樣，就把人打到住院？
……
是他們先動手的，而且他們還說……

他們說我的爸爸是靠出賣同事，踩著別人的屍體往上爬的畜牲。
我是畜牲所生的雜種。
警官，這個答案你還滿意嗎？
你應該不清楚你的妻小因為你自以為的正義，被那些收賄的家屬如何踐踏……
筆錄做好了沒？我想回家了。
把嘴角的血擦一擦。
我送你回家。

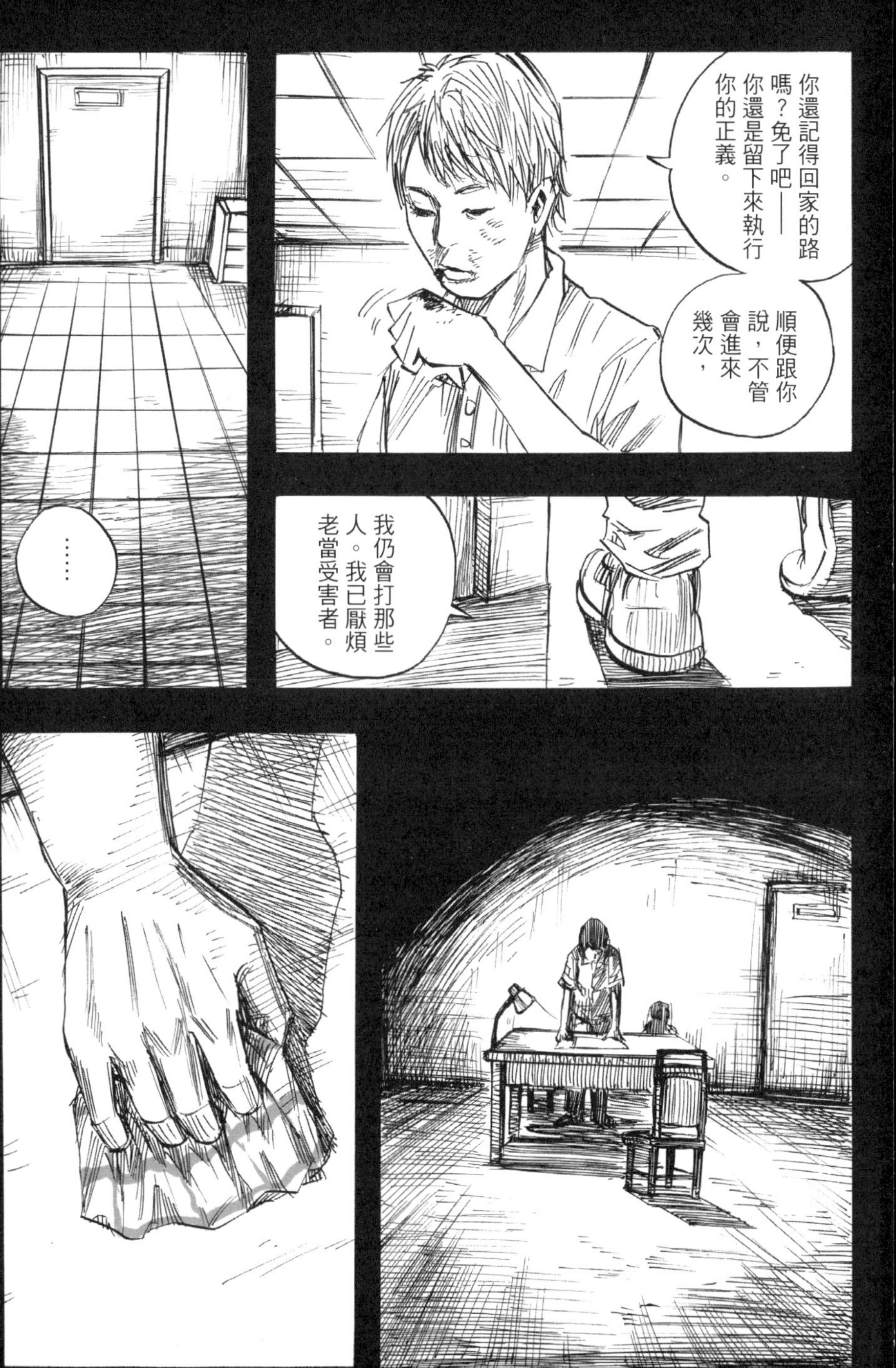
你還記得回家的路嗎?免了吧——你還是留下來執行你的正義。
順便跟你說，不管會進來幾次，
我仍會打那些人。我已厭煩老當受害者。
……

打死人啦！
有人被打死啦！
好多血啊！
呼呼！
呼！
呼！

地上好多血啊……好恐怖……
是小孩子耶……死了嗎？
救護車來了沒？
一動也不動，會不會真的死啦？
誰家的孩子啊？好狠喔。
對啊，怎麼下這麼重的手……
對不起！借過！讓個路！
唔！
呃！
抱歉！借過一下！
咦？這不是唐警官嗎……
呼呼呼！
呼！吁！
……!!

如果……

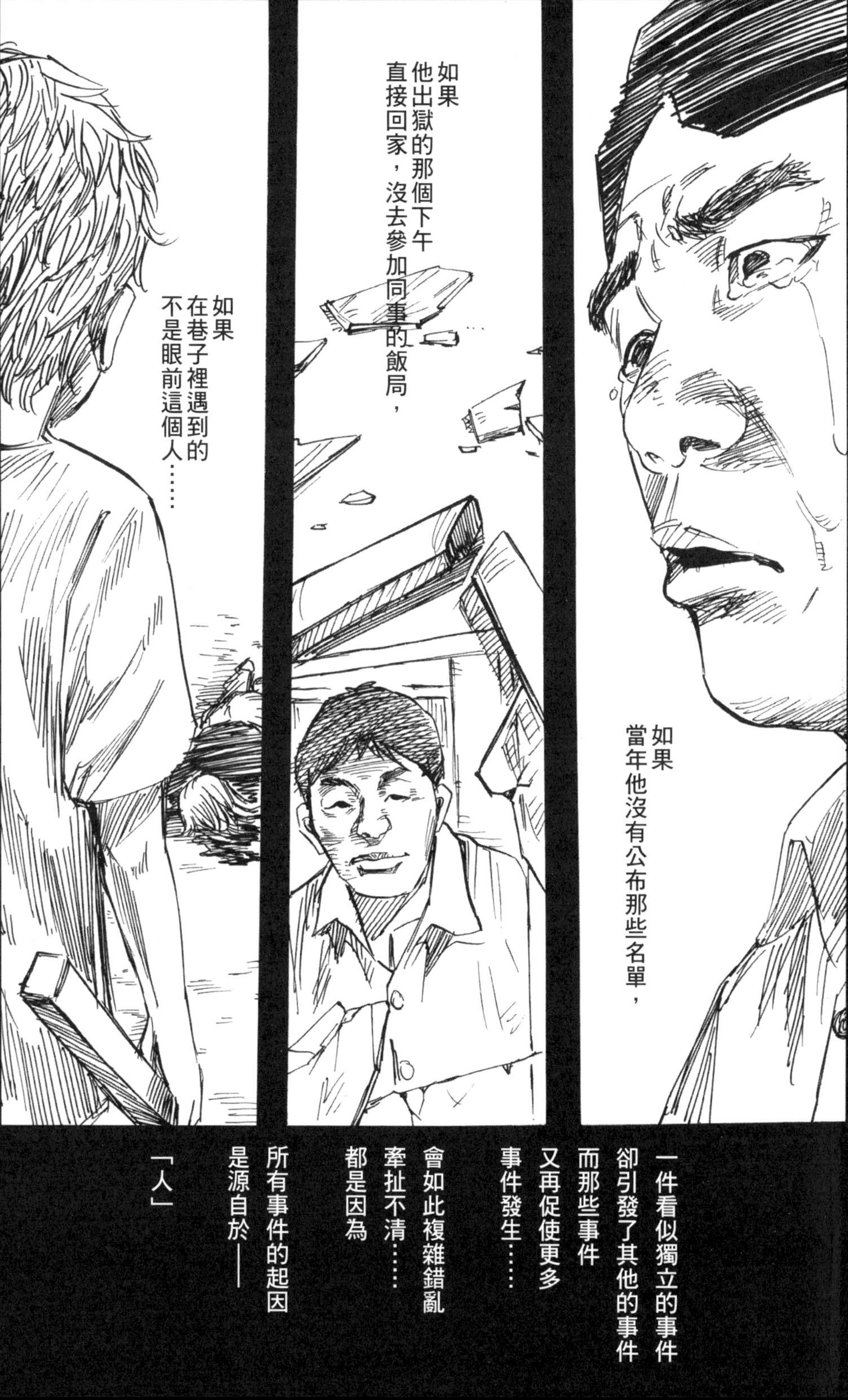
如果
當年他沒有公布那些名單，
如果
他出獄的那個下午
直接回家，沒去參加同事的飯局，
如果
在巷子裡遇到的
不是眼前這個人……
一件看似獨立的事件
卻引發了其他的事件
而那些事件
又再促使更多
事件發生……
會如此複雜錯亂
牽扯不清……
都是因為
所有事件的起因
是源自於——
「人」

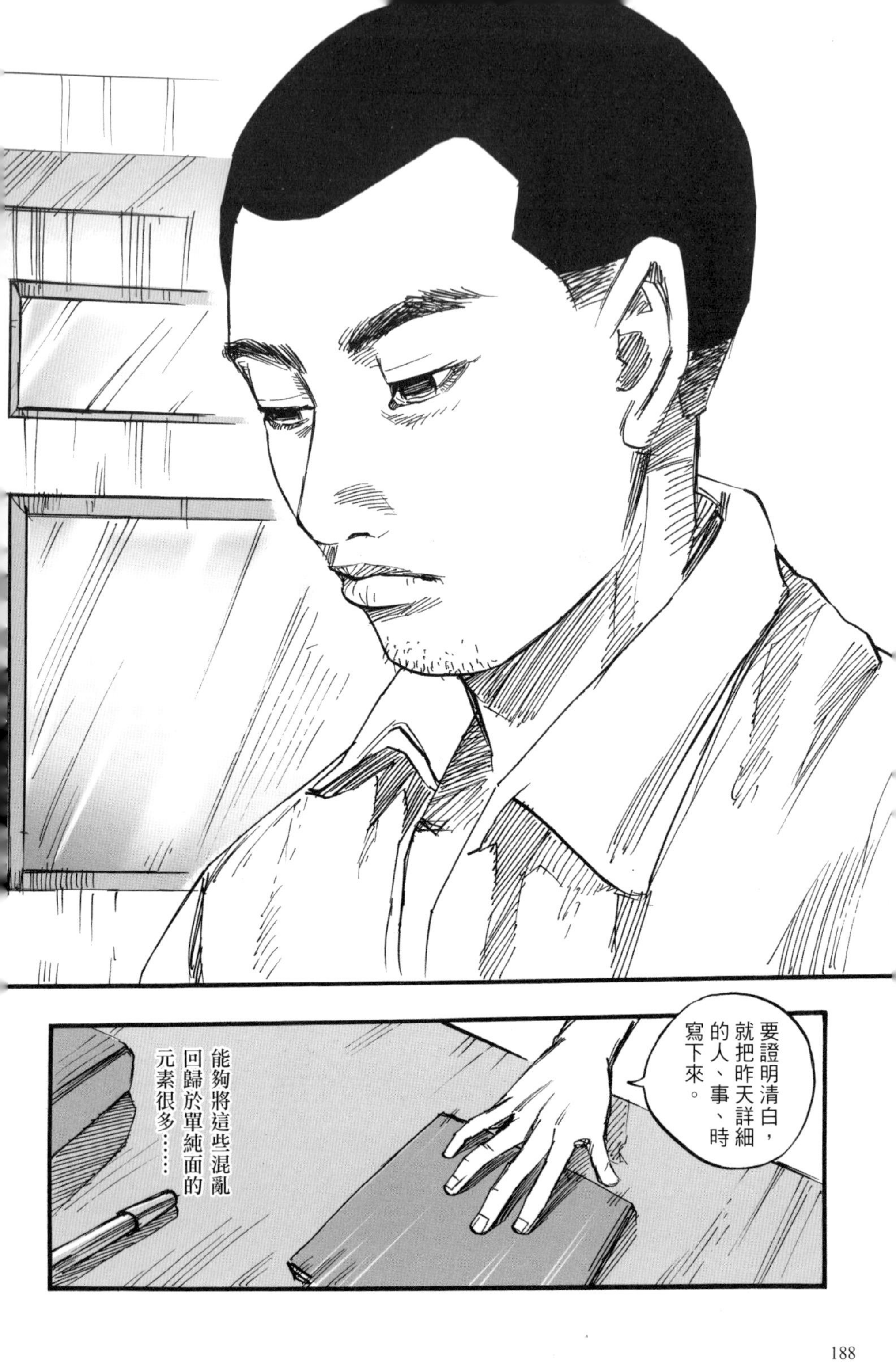
要證明清白，就把昨天詳細的人、事、時寫下來。
能夠將這些混亂回歸於單純面的元素很多……

其中一種叫做「原諒」。
喂！
你在發什麼愣啊？
喔喔！
叩叩！
報告！
唐學長，外頭有人要幫李啟立做證明。
會是誰啊？

(surprise)
斯普賴！阿立！我們來幫你囉！
哎呀，怎麼好好的……
沒有刑求嗎？我很想看說。
我把昨天見過你的人都找來啦！
你昨天幫我燙的髮型，我同事都很喜歡耶！她們都想來請你做造型呢——

看要做什麼，趕緊弄一弄。我要回家補眠了……
你訂的豬腰仔，我幫你留好了。等一下過來拿吧。
化妝師生病，還好下午有你幫忙——昨晚的婚宴我老婆才能美美的見賓客。
……
唐警官，我們的證詞，可以證明阿立是清白了吧？
嗯！李啟立謝謝你的協助。
你可以回家了。

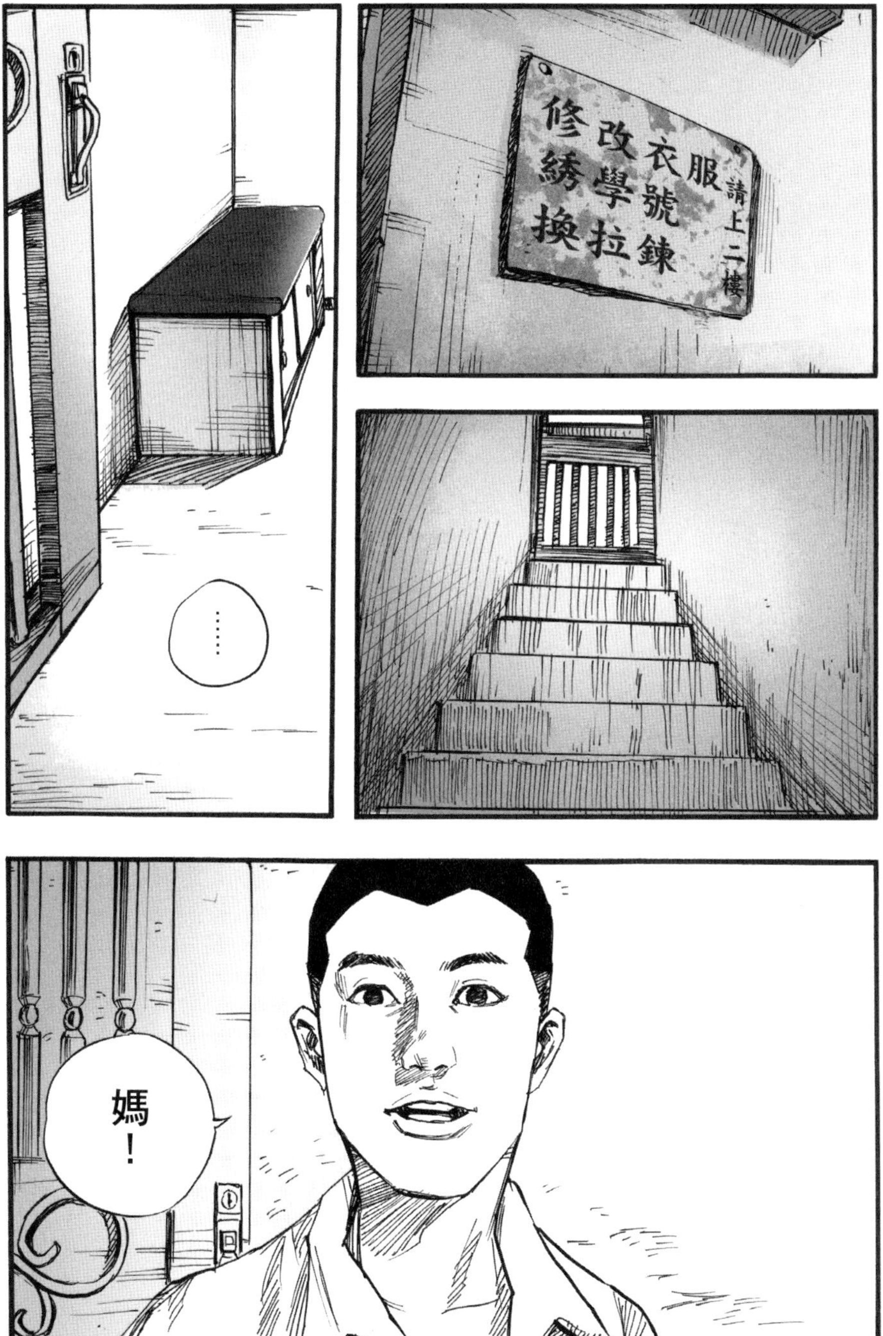
修改衣服
綉學號
換拉鍊
請上二樓
……
媽！

我回來了。

當晚，媽媽沒有開口說話，
只是一直微笑著……
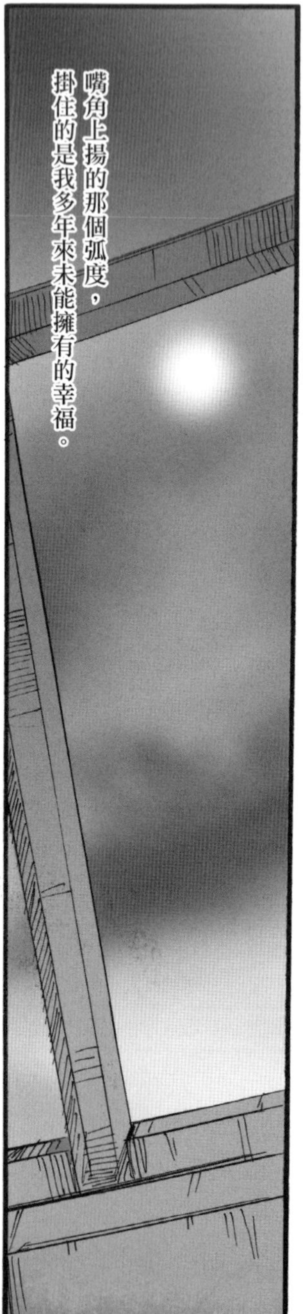
嘴角上揚的那個弧度，
掛住的是我多年來未能擁有的幸福。

人生如戲
過程猶如
空中之音
相中之色
水中之月
鏡中之象
虛實真假
戲如人生
十三元
東華春大戲院
今日放映
加害者＝受害者
走出這道牆後
接下來呢？
要往哪走？
你是李啟立先生？
你是……

哈哈！我是來接你的！第一次接人，好緊張喔。
我看電視劇，接人的都是這身打扮——
熱烈欢迎
李啟立先生
我叫陳小華。我們曾有一面之緣喔。
咦？
我就知道你想不起來。
……
沒想到這支手電筒一借就是二十幾年……
今天總算還給你了。
喏！你一定記得這個吧——我們的定情物。

……
謝謝你。
你能幫我把頭髮剃掉嗎？
呃！
我想讓李啟立這個人重新開始。
沒問題。只不過我的造型費很貴的，你可能得在我店裡做工抵債。
為什麼你要幫助殺死自己兒子的兇手？
嗯！
……

對明遠、美娟、阿義……來說，我才是真正加害他們的兇手。
小立雖然是加害明遠的兇手，但是他跟他們一樣都是受害者。
幫他安排到這工作的事……
千萬不要提。這件事只有你和刀神知道。
了解！
假如能回到過去，你還會揭發收賄案嗎？
……
我是一個不懂拐彎走的人。
小立就拜託你了……

CUT.5 另一件包裹

啥！傷害案的兇手是馬沙……？
呃！
誰是馬沙呀？
就是他啊，昨天晚上去投案的。
我就速馬沙～請多死掉
聽說是女朋友陪他去的呢——
噗！
話說回來，玉蘭幫我弄的這顆頭還真有型——好像木村拓哉！
怎麼可能？憑他那副德性……不可能……怎麼會有女生看上他？
一定是花錢娶外籍新娘……
他女友你也認識，就是中一貝西餐老闆的女兒小莉。
嘶——
師傅！

昨天下午小莉要去繳卡費，結果被三個男人輕薄，這一幕正好讓尾隨小莉的馬沙撞見……
馬沙挺身而出，徒手一打三，自己也受了傷……
因此，小莉動了心，答應馬沙的追求——
啾~
啾~
啾~
啾~
啾個屁啊！天公伯你睡著了嗎?!
為何我都碰不到這種好康！

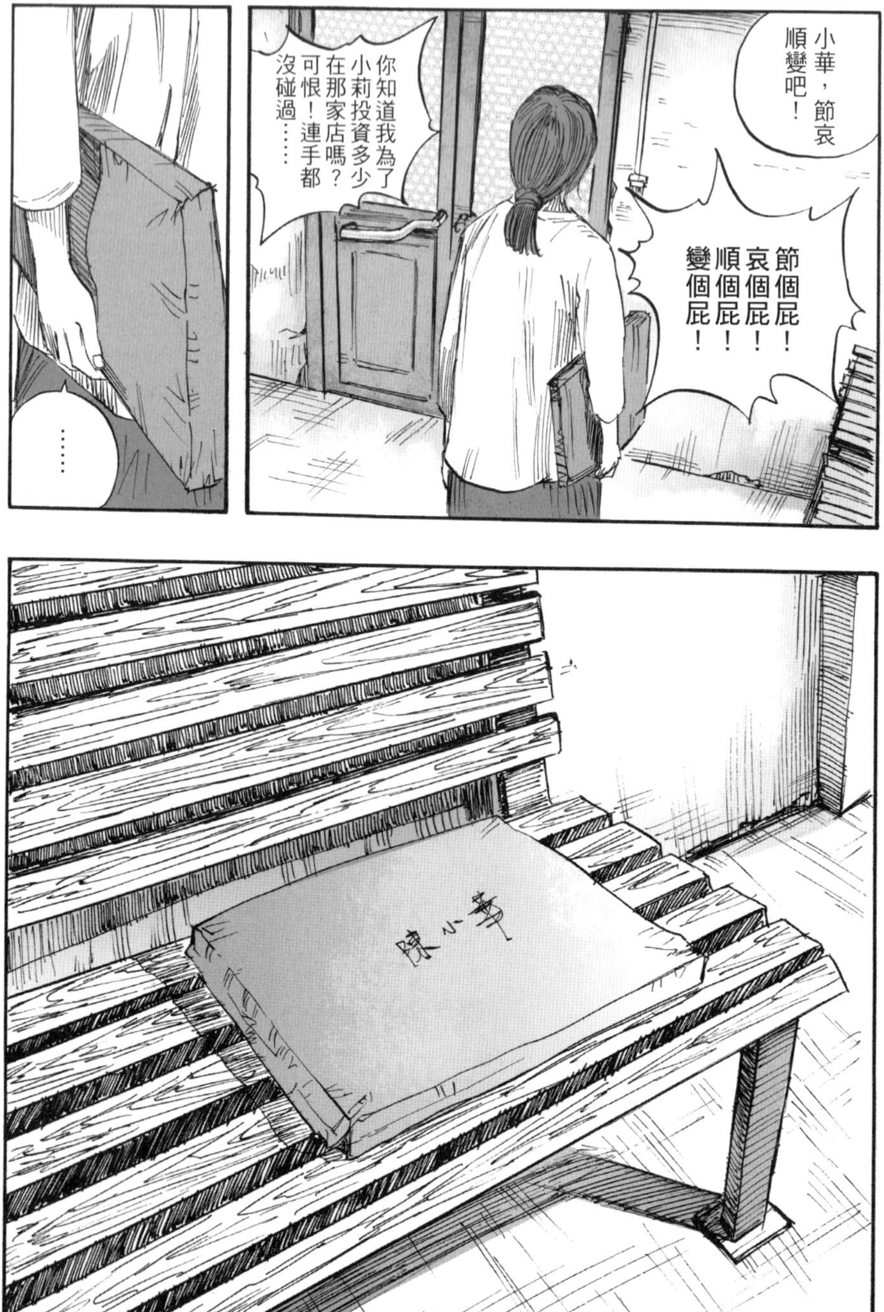
小華，節哀順變吧！
節個屁！哀個屁！順個屁！變個屁！
你知道我為了小莉投資多少在那家店嗎？可恨！連手都沒碰過……
……
陳小華

呼！吵死了——
唔！
歐吉桑有你的包裹耶——
包個屁！我沒心情理那個！
那我幫你拆喔。
歐吉桑，你買畫框嗎？……

歐吉桑……
嗚……
歐吉桑你看……

老爸回來了。
東華春理髮廳

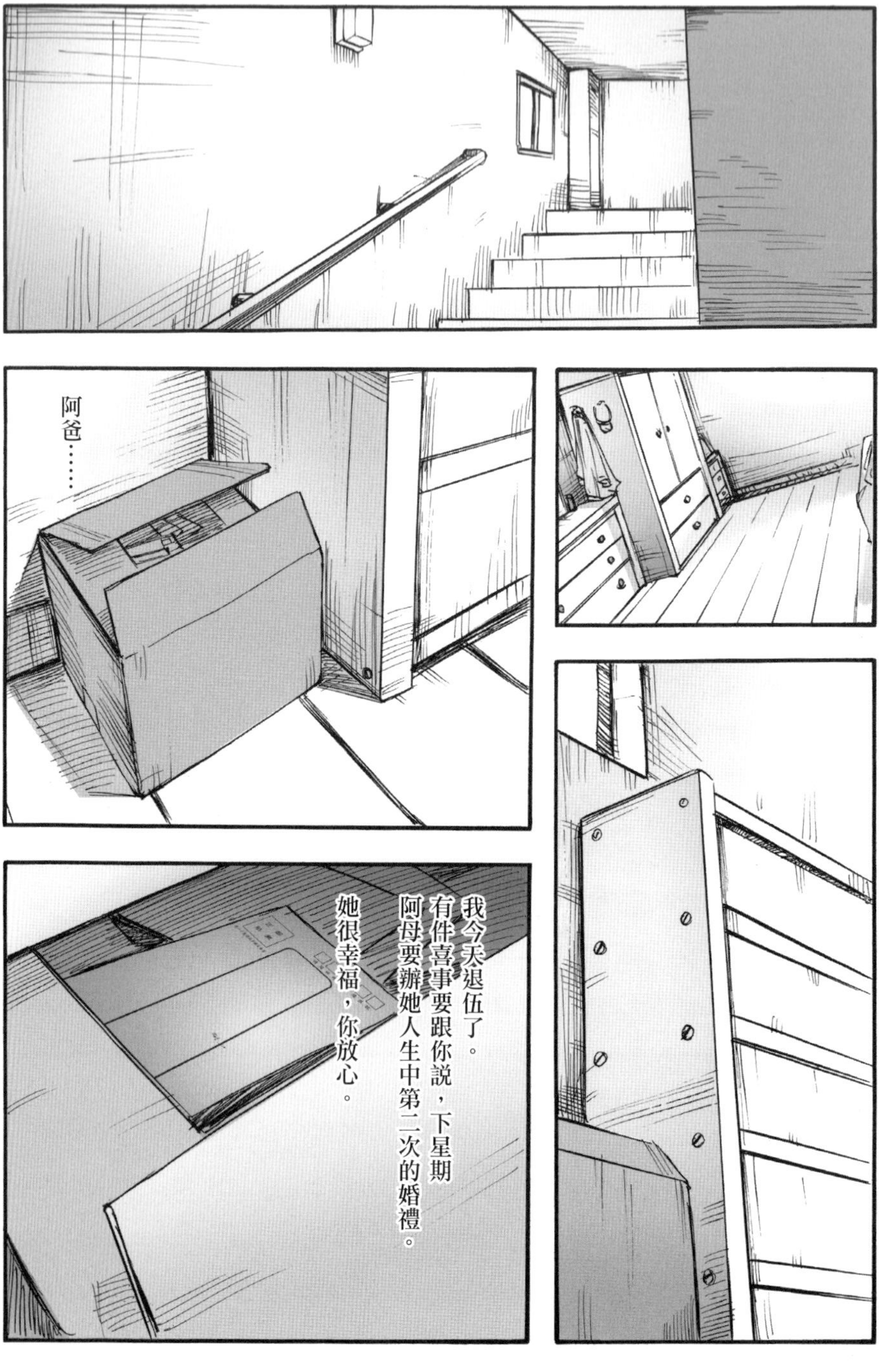
阿爸……
我今天退伍了。
有件喜事要跟你說，下星期
阿母要辦她人生中第二次的婚禮。
她很幸福，你放心。

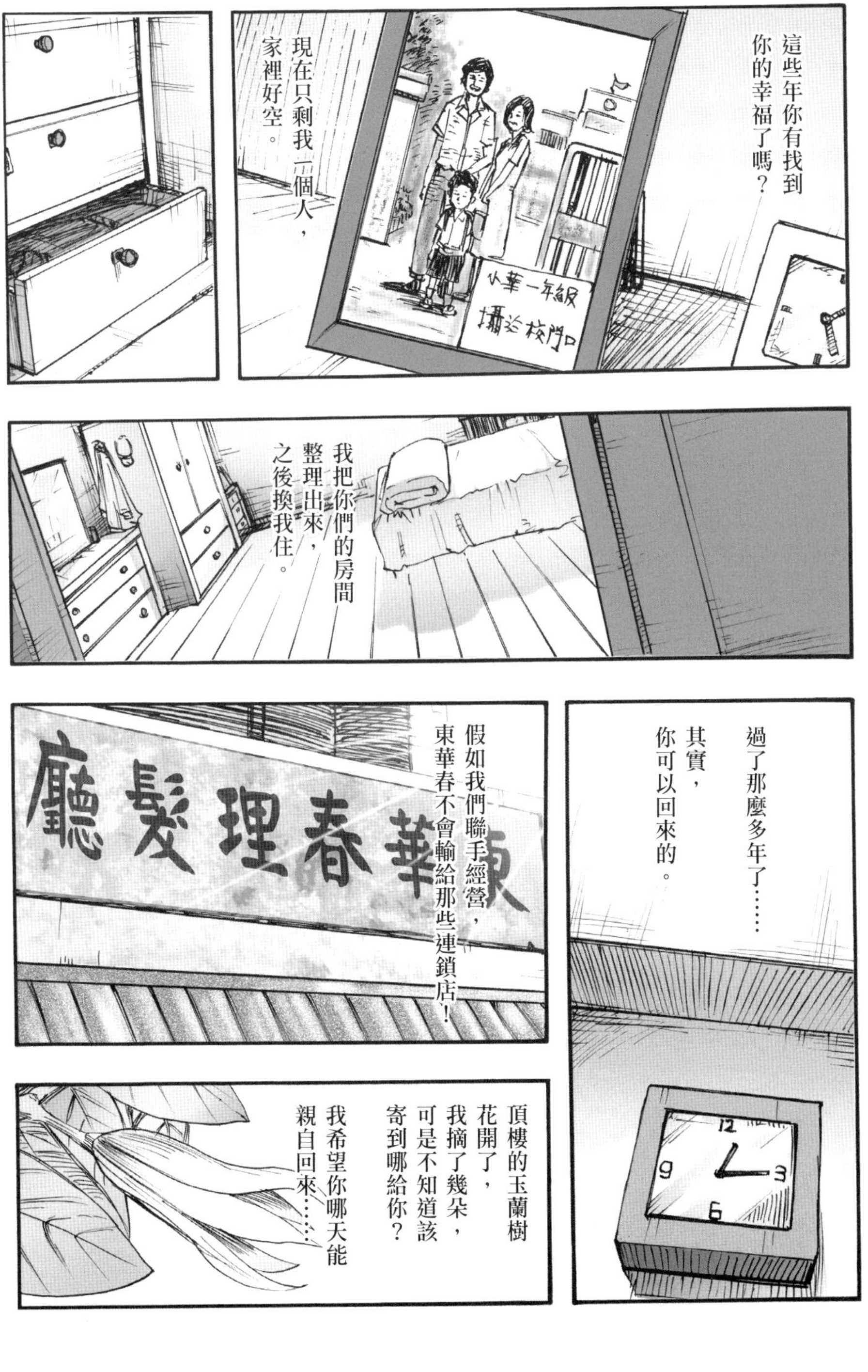
這些年你有找到你的幸福了嗎？
小華一年級
攝於校門口
現在只剩我一個人，家裡好空。
我把你們的房間整理出來，之後換我住。
過了那麼多年了……
其實，你可以回來的。
假如我們聯手經營，東華春不會輸給那些連鎖店！
東華春理髮廳
12
3
6
9
頂樓的玉蘭樹花開了，我摘了幾朵，可是不知道該寄到哪給你？
我希望你哪天能親自回來……

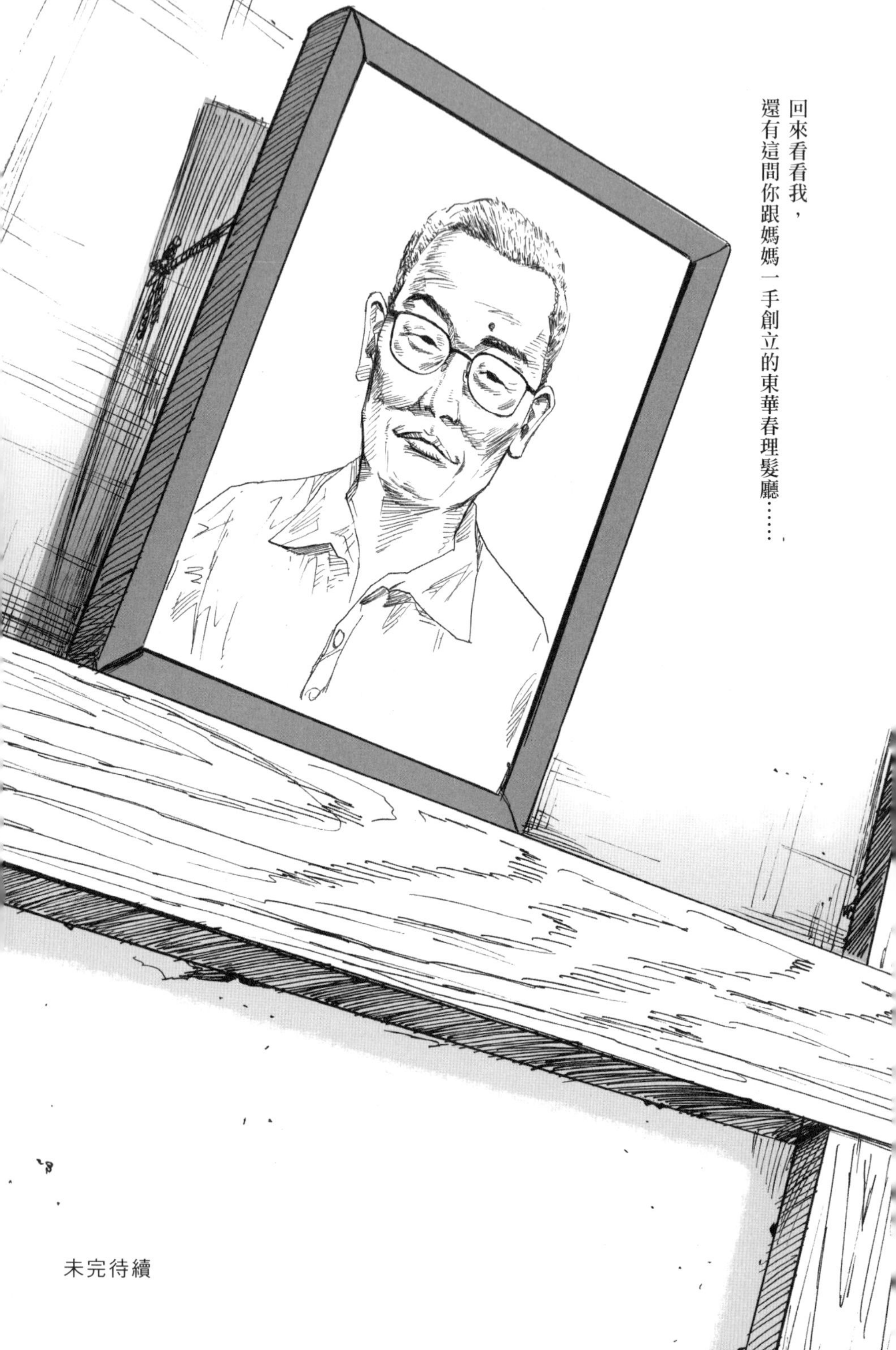
回來看看我，
還有這間你跟媽媽一手創立的東華春理髮廳……

未完待續

〈自畫自說〉

四季更迭的東華春

公車彎進巷子放慢了速度，我可以有多幾秒的時間觀察那家「東華春理髮廳」的門面。在那一整排的三層樓販厝中，除了店名吸引我，它門楣的眷村綠，在清一色黯淡的鐵捲門中也特別顯眼。偶爾，有幾回，我看見老闆在澆花掃地，門旁趴著隻小黑狗。

起初，只有片段片段的情節，然後隨著每天多那幾秒的畫面累積，自然的浮現出故事的輪廓。我還記得，當我在公車上想到故事裡的「東華春理髮廳」是取自一家人名字裡各一個字時的那種興奮不已，接著每天腦子都在想著他們的事。三年後（民國99年），他們變成了一本漫畫——《東華春理髮廳》，而這些虛構的角色，很奇妙的影響了現實中的我未來如何說其他的故事。漫畫出版後，我拿書去找老闆想當面致謝，但鐵捲門緊閉，我撐開鐵門的投信孔看進去，已經不見理髮椅，那些放毛巾的木架子也已拆除。隔壁的隔壁也是做美髮的，店裡的阿姨說老闆退休了，住在山腰上，偶爾下山購物會順道來串門聊天。我在書封內寫上感謝的話，把漫畫託付予她。

這個作品帶給我很多美好，我不但厚臉皮的要求編輯請到吳念真導演掛名推薦，吳導的一通電話更讓東華春有了改編成影視的契機；接著，在阿茉姊的牽線下，畫了改編自吳導的舞台劇《人間條件四》的漫畫。因為太珍視此美好，所以即使《東華春理髮廳》當中還有好些要再補述的故事，我卻一直逃避去碰觸。有不少案例是在接續時搞砸的，導致讀者失落，自己對自己失望。不過，我很清楚這個結從書出版後就一直繫在心上，像陳小華心裡繫著父親在他十歲生日那天不告而別的結。

民國101年，同名電視劇上映，給了角色實體的體溫，改編後劇情與人物的鋪陳和延展，也帶給觀眾不同於書的想像與感動。照常理判斷，當時會是趁著熱度重新出版並將漫畫繼續的好時機，但這也是我難以下筆的原因——真要比喻的話，有點像是豐收後，土地總要進入休耕期，而休耕時並不會種植同樣的作物。

練習說故事是一生的事，雖然在這十幾年間，我說了一些有著類似關懷卻不同的故事，我也不敢說自己練習夠了，只能說比較能抓到上手的「鋩角」。可是自以為的「懂」也不一定是真的懂。坦白說，目前的狀態像是又回頭去拜訪失聯十幾年的朋友，試圖讓他們重回自己的人生。事過境遷，我們人都是自己改變了而不自覺，朋友也會。很多共同的記憶，還有你以為所了解的他們，可能都是過去的印象了，用印象去攀談就如同紙包火般的不可靠，弄不好反而灼傷彼此。因此在這之前必須複習過去的那些曾經，但你不清楚對方是否還願意接受，也無法斷定重拾的友情是否可以如同往日一樣。

不過，我還是鼓起勇氣站在「東華春理髮廳」的門口了，雖然心頭仍是慌的，因為不知道理髮廳裡的那幾位是否接受我接下來要所說的故事，我想，有什麼念頭先進門再說好了，然後我伸出手按下那個下面寫著「爆破按鈕」的電鈴……

Taiwan Style 70

東華春理髮廳 1

DongHuaChun Barbershop

作　　者／阮光民

編輯製作／台灣館
總 編 輯／黃靜宜
主　　編／張詩薇
美術編輯／丘銳致
行銷企劃／叢昌瑜

發 行 人／王榮文
出版發行／遠流出版事業股份有限公司
地址：104005 台北市中山北路一段 11 號 13 樓
電話：（02）2571-0297
傳真：（02）2571-0197
郵政劃撥：0189456-1
著作權顧問／蕭雄淋律師
輸出印刷／中原造像股份有限公司
□ 2021 年 6 月 1 日　初版一刷
定價 260 元

Printed in Taiwan
ISBN 978-957-32-9142-8
YLib.com 遠流博識網 http://www.ylib.com　E-mail: ylib@ylib.com
遠流粉絲團 https://www.facebook.com/ylibfans